此情无计可消除·李清照词

王新霞 乔雅俊 ◎ 编注

人民文学出版社

图书在版编目(CIP)数据

此情无计可消除:李清照词/王新霞,乔雅俊编注.—2版.—北京:人民文学出版社,2016
(恋上古诗词:版画插图版)
ISBN 978-7-02-012248-6

Ⅰ.①此… Ⅱ.①王… ②乔… Ⅲ.①李清照(1084—约1151)-宋词-诗歌欣赏 ②朱淑真(1135—1180)-宋词-诗歌欣赏 Ⅳ.①I207.23

中国版本图书馆CIP数据核字(2016)第312715号

责任编辑:胡文骏
特约策划:尚　飞
装帧设计:高静芳

出版发行　人民文学出版社
社　　址　北京市朝内大街166号
邮政编码　100705
网　　址　http://www.rw-cn.com

印　刷　山东德州新华印务有限责任公司
经　销　全国新华书店等

开　本　890毫米×1240毫米　1/32
印　张　8.25
插　页　2
字　数　160千字
版　次　2009年11月北京第1版　2017年10月北京第2版
印　次　2017年10月第1次印刷

书　号　978-7-02-012248-6
定　价　35.00元

如有印装质量问题,请与本社图书销售中心调换。电话:010-65233595

目录

前言 ... 1

漱玉词

如梦令（尝记溪亭日暮） ... 3
如梦令（昨夜雨疏风骤） ... 5
怨王孙（湖上风来波浩渺） ... 8
浣溪沙（小院闲窗春色深） ... 10
浣溪沙（淡荡春光寒食天） ... 12
浣溪沙（髻子伤春慵更梳） ... 14
浣溪沙（莫许杯深琥珀浓） ... 16
点绛唇（蹴罢秋千） ... 18
点绛唇（寂寞深闺） ... 20
渔家傲（雪里已知春信至） ... 23
渔家傲（天接云涛连晓雾） ... 25
庆清朝（禁幄低张） ... 27
鹧鸪天（暗淡轻黄体性柔） ... 31
鹧鸪天（寒日萧萧上锁窗） ... 33
减字木兰花（卖花担上） ... 35
瑞鹧鸪（风韵雍容未甚都） ... 37

一剪梅(红藕香残玉簟秋)	40
醉花阴(薄雾浓云愁永昼)	43
玉楼春(红酥肯放琼苞碎)	47
行香子(草际鸣蛩)	50
小重山(春到长门春草青)	52
满庭芳(小阁藏春)	56
多丽(小楼寒)	59
凤凰台上忆吹箫(香冷金猊)	64
念奴娇(萧条庭院)	70
声声慢(寻寻觅觅)	75
蝶恋花(暖雨晴风初破冻)	85
蝶恋花(泪湿罗衣脂粉满)	88
蝶恋花(永夜恹恹欢意少)	90
临江仙并序(庭院深深深几许)	92
临江仙(庭院深深深几许)	96
诉衷情(夜来沈醉卸妆迟)	99
菩萨蛮(归鸿声断残云碧)	101
菩萨蛮(风柔日薄春犹早)	104
南歌子(天上星河转)	106

忆秦娥(临高阁)	109
好事近(风定落花深)	112
摊破浣溪沙(病起萧萧两鬓华)	114
摊破浣溪沙(揉破黄金万点轻)	117
武陵春(风住尘香花已尽)	119
转调满庭芳(芳草池塘)	122
清平乐(年年雪里)	124
孤雁儿(藤床纸帐朝眠起)	127
长寿乐(微寒应候)	130
永遇乐(落日镕金)	134
添字采桑子(窗前谁种芭蕉树)	139
浣溪沙(绣面芙蓉一笑开)	142
丑奴儿(晚来一阵风兼雨)	144
殢人娇(玉瘦香浓)	146
怨王孙(梦断漏悄)	148
浪淘沙(帘外五更风)	151
浪淘沙(素约小腰身)	154
青玉案(征鞍不见邯郸路)	155
怨王孙(帝里春晚)	157

新荷叶(薄露初零)   161

附录一　词论   165

附录二　前人评语   174

断肠词

忆秦娥(弯弯曲)   179

浣溪沙(春巷夭桃吐绛英)   180

生查子(寒食不多时)   183

谒金门(春已半)   184

江城子(斜风细雨作春寒)   186

减字木兰花(独行独坐)   188

眼儿媚(迟迟风日弄轻柔)   190

鹧鸪天(独倚阑干昼日长)   191

清平乐(风光紧急)   192

清平乐(恼烟撩露)   194

点绛唇(黄鸟嘤嘤)   196

点绛唇(风劲云浓)   197

蝶恋花(楼外垂杨千万缕)   199

菩萨蛮(山亭水榭秋方半)   202

菩萨蛮(也无梅柳新标格)	203
鹊桥仙(巧云妆晚)	205
念奴娇(冬晴无雪)	207
念奴娇(鹅毛细剪)	209
卜算子(竹里一枝斜)	212
柳梢青(冻合疏篱)	215
柳梢青(雪舞霜飞)	216
西江月(办取舞裙歌扇)	218
月华清(雪压庭春)	219
绛都春(寒阴渐晓)	222
阿那曲(梦回酒醒春愁怯)	224
浣溪沙(玉体金钗一样娇)	226
生查子(年年玉镜台)	227
生查子(去年元夜时)	229
菩萨蛮(秋声乍起梧桐落)	232
菩萨蛮(湿云不渡溪桥冷)	233
柳梢青(玉骨冰肌)	235

附录:前人总评   238

前 言

在中国古代文化繁荣、发达的宋代,先后出现了李清照和朱淑真两位著名的女性文学家。她俩生活的时代接近,文采相类,均属于婉约派,词风清新秀丽,婉转含蓄,共同点甚多。历代评论家常把两人一起评论,如冯梦龙在《醒世恒言》中赞叹她们是"闺阁文章之伯,女流翰苑之才"。本书编者将二人的词合编在一起予以注释,期望此书对介绍和研究这两位在中国文学史上有着重要地位的女性作家有参考价值。

一

李清照(1084—?),号易安居士,祖籍山东济南。我国宋代杰出的女词人,也是中国文学史上著名的女作家。她出身于一个文学氛围浓厚的家庭,父亲李格非,官至礼部员外郎,对文学、经学、佛学、史学都颇有研究,南宋刘克庄在《后村诗话续集》中称赞他"文高雅修,邕有义味,在晁(补之)秦(观)之上"。母亲王氏,也是一位通文墨的大家闺秀。耳濡目染,清照幼年即通文墨,加之聪慧颖悟,才华过人,在诗、词、散文方面都有杰出的表现,精通音律,"能书能画"(《清河书画舫》引《才妇录》)。可以说,李清照是中国文学史上少见的一位多才多艺的女作家。

李清照在十八岁时嫁给太学生赵明诚。婚后二人共同致力于金石书画的搜集整理,由于有着共同的兴趣爱好,能互相欣赏与支持,所以李清照婚后的生活非常和谐美满。这种平静的生活一直到李清照四十五岁。靖康元年(1126),金兵攻宋,次年,徽、钦二帝被掳,北宋即告灭亡。这就是历史上的靖康之变。巨大民族灾难的降临,急剧地改变了李清照的生活,她被迫从闺房和书斋中走出来,踏上逃亡流徙的道路。不幸也接踵而至:夫妇二人花费大量心血,在几十年中搜集起来的文化艺术珍品在战火中丧失殆尽;李清照唯一的亲人赵明诚,在建炎三年(1129),只身赴建康时,突患急病,不治身亡。赵明诚病死后,她独自漂流在杭州、越州、金华一带,在咨嗟悲叹中度过了晚年。

朱淑真是稍后于李清照的杰出女作家,号幽栖居士,钱塘(今浙江杭州)人,南宋初年时在世。她出身于仕宦家庭,父亲曾经"宦游浙西"。朱淑真少喜读书,工诗词,能画,通音律,是个多才多艺的女子。少女时代的朱淑真,由于家境殷实,生活优裕,父母亦宠爱有加,每天过着读书、作诗、饮酒、弹琴、四处游玩的快乐生活,形成了单纯天真的个性,敢于追求自由和理想的生活,是一位个性鲜明的女性。

然而父母为朱淑真择定的婚姻却使她的生活发生了重大的转折。在封建社会，个人的婚姻并不是建立在志趣相投、两情相悦的基础上，而是必须听从于"父母之命、媒妁之言"。面对无法违抗的父母之命，朱淑真违心地与和她志趣相投、才华横溢的初恋情人分开，在二十岁左右嫁给一位俗吏为妻。南宋魏仲恭《朱淑真诗集序》中说："父母失审，不能择伉俪，乃嫁为市井民妻。"此处的"市井"并非说她的丈夫是市井细民，而是无法与才华出众的朱淑真相匹配，只是一个以功名利禄为务的庸俗之人。因为二人的性格爱好相去甚远，所以婚后的生活并不和谐，朱淑真一直过着寂寞苦闷的闺中生活。后来她的丈夫可能又沾染上狎妓风气，娶妾并携其远赴任上，留下淑真独守空闺。天性热爱自由、勇于追求理想生活的朱淑真在婚后的生活中饱受痛苦的折磨。从她的词作中可以看出，她最后终于决定与现实对抗，勇敢地冲破了封建礼教的樊篱而与初恋情人相会。淑真与情人的关系一直维持到四十岁左右，直到此种关系泄露，被夫家限制自由。最后，淑真在礼教的压迫下，结束了自己的生命，离世时不到五十岁。

二

李清照的作品集曾有《易安居士文集》《易安词》《漱玉集》等，但均已佚亡。后人辑有《漱玉词》，今人辑有《李清照集》。

李清照在诗、词、散文方面都有杰出的成就,其中词写得最出色,后人称颂最多的也是她的词作。她的词以南渡为界,基本上可以划分为表现安定美满生活的创作前期与表现流离孤寂生活的创作后期。

她的前期词作,真实地反映了她的闺中生活和思想感情,题材集中于写自然风光和离别相思。早年的李清照是一位性格活泼、开朗乐观的女子。她走出了重重的闺门,目光投向广阔的大自然,因此她的笔触便也伸向大自然的怀抱,用词来记叙她在自然界的畅游。比如《如梦令》(尝记溪亭日暮)一首,尽情地享受与大自然的亲密接触,随意尽兴,无拘无束。这类词作充分表现出李清照热爱生活、热爱自然的感情。表现这一主题的还有《庆清朝》等词。

李清照词中的景致描写,并不是单纯为了歌咏自然风光,而是在景物中寄寓着自己的生活理想。例如《怨王孙》一词,虽然已是深秋时节,然而词人笔下的湖面景色却是那样的明丽清新:浩淼的湖面上点缀着几朵红荷,岸边翠绿的水草上挂满了晶莹的露珠,洁白的鸥鹭在沙滩上静静地栖憩。画面色彩明快,静态的景致中蕴含无限生机,结尾句"眠沙鸥鹭不回头,似也恨,人归早",将自己对自然的依恋之情注入到鸥鹭身上,表达出对大自然无限的热爱。

李清照的前期词作还表达了自己对理想的渴望追求和对现

实社会扼杀理想的愤懑之情。在《渔家傲》一词中,她以鹏鸟自喻,表现了自己的生活意志和愿望。她要学那搏击长空的大鹏,凭着自己的努力,探寻到一条通往理想境界的道路。即使是"路长""日暮";即使是"学诗谩有惊人句",却仍然呼唤着"九万里风鹏正举,风休住,蓬舟吹取三山去"。这首词格调昂奋,充满着蓬勃向上的力量,读后令人有一种清新振作之感。

李清照婚后与丈夫相敬相爱,志趣相投,二人诗词唱和,文物共赏,生活十分美满。但是,在宋徽宗赵佶崇宁前期,由于新旧两党之间斗争激烈,受党争波及,清照与明诚也有几次较长的分离。崇宁元年(1102),蔡京任右相,打压政敌,被斥为"元祐奸党"者此时共约120人,徽宗书党人名单,刻石端礼门。清照父李格非亦列入元祐党籍。朝廷对元祐党人或勒停,或贬远,或羁管。清照曾上诗公爹赵挺之(时任尚书右丞)请救其父。崇宁二年(1103),诏禁元祐党人子弟居京:"宗室下得与元祐奸党子孙及有服亲为婚姻,内已定未过礼者并改正。"据此,清照被遣离京,只得投奔已回原籍的父母。崇宁三年(1104)又重定党籍。合定元祐、元符党人名单刻石朝堂,共309人,李格非名在余官第26人。直至崇宁五年(1106)下诏赦天下,才毁《元祐党人碑》,除党人一切之禁。后来,虽然元祐党禁已除,但清照的命运并未彻底改观,宋徽宗大观元年(1107),蔡京复相。三月,清照公爹赵挺之罢右仆射,不久去世。因赵挺之生前得罪权奸蔡京,赵明诚也遭蔡京诬陷，被追夺赠官，全家被遣还乡，归居青州。据李清照《金石录后序》记，此后清照曾与赵明诚在青州"屏居乡里十年"。大约在政和七年(1117)前后，赵明诚再度离家，开始为仕途奔波。李清照则依然留在青州老家，夫妻两人又有一段较长时间的分离，直至宣和三年(1121)，赵明诚知莱州(今山东莱州市)时夫妻才得以团聚。在政治风波的影响下，李清照与赵明诚分分合合，时聚时离，每当与丈夫分离的时候，多愁善感的词人便会被萦绕不去的思念紧紧包围，常把满腔离愁别恨和孤独寂寞的情感付诸词篇，故这类内容在现存词作中占的比重最大。比如她新婚不久后写的《一剪梅》："花自飘零水自流，一种相思，两处闲愁"，写出了彼此之间对对方的牵挂，这种感情"无计可消除，才下眉头，却上心头"。思念的痛苦一直折磨着词人，"莫道不消魂，帘卷西风，人比黄花瘦"，用枯萎憔悴的菊花加以衬托，并把菊花与人相比照，以鲜明的艺术形象，生动地表现了相思之苦。在另一首《行香子》中，作者借牛郎织女的悲剧故事，抒写有情人的被迫分离，"正人间天上愁浓"一句，将自己和牵牛织女的处境联系在一起，抒发了对丈夫深深的思念。结尾更用"甚霎儿晴，霎儿雨，霎儿风"，将牛郎织女分离的原因投射到无法预测的天气变化上，以此影射政治风云的变幻无常，揭示夫妻分离的深层原因，将挥之不去的思念与对时局的担忧交织在一起，使词作深沉含蓄、凄婉动人。

李清照常常采用托物言情或托事言情的方法来抒发感情,这类闺怨词把所咏之物,所托之事与抒情主人公的形象融为一体,借着对物与事的咏叹婉转地表达出思妇对离别的哀怨,对离人的思恋,对爱情的向往,如《多丽》《玉楼春》《满庭芳》以及《行香子》等。这些词,借歌咏梅花、菊花或描述牛郎织女故事,曲折含蓄地抒发了郁积于内心的相思之情,较之直接倾诉更显得深沉蕴藉,婉约动人。

总的看来,虽然时有分离,但李清照前期的词作内容比较积极乐观,生活也是安定幸福的,所以更多的是表达个人真挚的感情,风格婉约细腻。

靖康之难后,在国破家亡、国土沦丧的形势下,李清照南渡避难,于颠沛流离中,打击接踵而至。先是家园被焚,文物散失;后是明诚病故,无依无靠;年近半百时又遇人不淑,遭受觊觎其手中残存文物的张汝舟骗婚;为解除婚约,在举报张汝舟后一度身陷囹圄,真可谓历尽磨难!故她后期的词作主要抒发家国之恨、兴亡之感、伤时念旧和怀乡悼亡的情愫,表达自己在孤独生活中的浓重哀愁。如作于南宋建炎三年(1129)秋的《南歌子》,是年八月赵明诚在赴湖州任中病亡,李清照孤苦伶仃,亦大病一场,于是痛定思痛,写成该词。词的上半阕描写人天远隔的深悲,无限孤苦凄凉。下半阕词人将对亡夫的种种怀念,寄托于一件绣有莲蓬、藕叶、伴随着诸多美好记忆的旧时"罗衣",以物是人非的巨大落差,传达出对亡夫的深切思念,抒写了家国沦亡之苦,身世飘零之悲。

李清照是一位具有强烈爱国情感的女词人,面对国势日非、山河残破、朝廷不思收复中原的现状,她忧心如焚。但囿于词言情而不言志的传统,她的词篇较少直接触及这一主题,而是借着强烈的家国之思、流离之苦来抒发对故国的怀念,比如"故乡何处是?忘了除非醉"(《菩萨蛮》),"伤心枕上三更雨,点滴霖霪。点滴霖霪。愁损北人,不惯起来听"(《添字采桑子》),"永夜恹恹欢意少,空梦长安,认取长安道"(《蝶恋花》)。面对朝廷的一味退让,她多么希望有为之士能够挺身而出,搭救黎民,振兴国家:"安石须起,要苏天下苍生。"(《新荷叶》)在投降派占上风的南宋小朝廷,李清照的这些呼声难能可贵。

这些抒写家国之思的词作中,最为有名的是《永遇乐》。这首元宵词是李清照晚年名作。当时的景况是南宋小朝廷建都杭州后,偏安于江南一隅,不思北进收复中原。元宵之夜,杭州城内张灯结彩,一片歌舞升平,达官贵人们过着纸醉金迷的生活。词人面对这种"繁荣"景象,昔日汴京元宵盛况顿时浮现在眼前,眷念故国之情亦油然而生。词中将昔日繁盛京都的生活与如今流落异乡、家破人亡、面目憔悴、两鬓斑白的凄楚境遇相比,故国之思与身家之痛得到凸显。南宋末年的爱国词人刘辰翁在其《永遇乐》词题序中写道:"每闻此词,辄不自堪。"可见李清照这种寄于言外的兴亡之感,代表了当时许多爱国之士的心声,反映出这类词作的积极意义与社会价值。

李清照运用"词"这种文学体裁,表现了她一生曲折坎坷的遭遇,也诉说了时代变迁下的悲欢离合,她将社会的动荡变革与个人的遭遇紧密结合,以经过提炼的口语表达其独特真切的感受,每能创意出奇,形成辛弃疾所称道的"易安体"。

"易安体"有很高的艺术成就,在当时广为流行。"易安体"一个显著特色是:李清照善于选取自己日常生活中的起居环境、行动、细节来展现自我的内心世界。无论是写情绘景还是咏物,都不用华丽的色彩和词藻来装饰,而是用白描手法,创造出水墨画般清婉秀逸的意境。与此相应,"易安体"的语言特点是明白如话而清新工巧,所谓"以浅俗之语,发清新之思"(彭孙遹《金粟词话》)。这在讲究辞藻、考究用典的宋代词坛引起了人们的广泛关注。

词人以寻常语度入音律,所作词无一字不协律,却能"化俗为雅"。无论是口语,还是书面语,一经她提炼熔铸,就别开生面,组成极清新鲜丽的词句,如"绿肥红瘦""宠柳娇花"(《念奴娇》),"柳眼梅腮"(《蝶恋花》),"人比黄花瘦"(《醉花阴》)等,无不清新工巧,风韵天然,富于表现力。又如《一剪梅》"花自飘零水自流。一种相思,两处闲愁。此情无计可消除,才下眉头,却上心头"等,都是以寻常语创造了不寻常的意境,"人工天巧,可

9

称绝唱"(王士禛《花草蒙拾》)。

李清照的词还非常讲究韵律美,著名的《声声慢》一词,首句连下14个叠字,被历代词家异口同声赞为千古绝调。张端义《贵耳集》说:"此乃公孙大娘舞剑手,本朝非无能词之士,未曾有一下十四叠字者。"徐釚《词苑丛谈》谓其音响之美,"真似大珠小珠落玉盘也"。

再者,李清照作词,能把委婉的情思与超脱的襟怀融合在一起,婉约而不绮靡,而是柔中有刚,蕴含着激昂豪迈之气。如《渔家傲》中:"我报路长嗟日暮,学诗谩有惊人句。九万里风鹏正举。风休住,蓬舟吹取三山去。"写得大气磅礴,格调豪放,倜傥有丈夫气。特别是她的后期词,融入了家国兴亡的深悲巨痛,如"只恐双溪舴艋舟,载不动、许多愁"(《武陵春》),家国之痛和身世之悲相融合,同时又不失婉约词的本色,温婉中透出刚健悲凉,写出了婉约词的忧伤绝唱。这是"易安体"所具有的特殊格调,也是李清照对传统婉约词的发展与创造。

基于李清照在词的创作方面的杰出成就,不少评论家推其为婉约词派的正宗。清代著名诗人、文学评论家王士禛就曾指出:"婉约以易安为宗,豪放惟幼安称首。"(《花草蒙拾》)清代词学家沈谦也认为:"男中李后主,女中李易安,极是当行本色。"(《填词杂说》)清代诗人刘体仁则进一步将李清照誉为"此道当行本色第一人"(《七颂堂词绎》)。可见,李清照是中国文学史上卓然独立的一位伟大女词人。

值得一提的还有李清照的《词论》,她系统地评论了唐至北宋诸词家创作的得失与倾向,提出词"别是一家"之说,在理论上确立了词体的独特地位。所谓"别是一家",意指词是与诗不同的一种独立的抒情文体,词对音乐性和节奏感有更独特的要求,它不仅像诗那样要分平仄,而且还要"分五音,又分五声,又分六律,又分清浊轻重",以便"协律""可歌"。词作只有保持自身独立的文体特性,才能不被诗所替代,在文学之林中占有独立的地位。如果说苏轼的"以诗为词"是从诗词同源的渊源论角度提高词体地位的话,那么,李清照则是从词的本体论出发进一步确立了词体独立的文学地位。

三

朱淑真作为和李清照同时代而稍后的女作家,一生创作的诗词也很多,其诗有南宋魏仲恭辑《断肠诗集》10卷,《后集》8卷(有残缺),词有《断肠词》1卷。

朱淑真的作品是其生活和思想感情的真实反映。她曾自称"翰墨文章之能,非妇人女子之事,性之所好,情之所钟,不觉自鸣尔"(《掬水月在手诗序》),可见诗词创作对于朱淑真来讲,是抒发自我情感与不幸遭际的最好载体。她的词保存下来的约有三十余首,大部分都是抒发幽怨感伤的情怀。虽然在数量上远不及她的诗,但其成就却历来受到人们的重视。魏仲恭在《朱淑真断肠诗词序》中称其作品风格"清新婉丽,蓄思含情,能道人意中事,岂泛泛者所能及,未尝不一唱而三叹也"。

朱淑真的《断肠词》所表现的内容,主要在描写恋情与写景、咏物。在抒情方面,她把爱情生活的欢娱、相思的愁怨、独居的苦闷寂寞描写得细腻委婉,楚楚动人;而在写景与咏物方面,则非常巧妙地运用了"遗貌取神"的写作手法,不去刻意刻画景与物的外在形态,而是集中力量于神态与品格,在吟咏景物的同时融情于景,在情景交融的艺术效果中巧妙地抒发一己之怀。

朱淑真反映其恋情的词作非常形象地展示出了词人爱情生活的曲折过程,有时是热情缠绵的欢恋,有时是愁肠百转的相思,有时又是深闺独处的无奈与凄凉。描写欢恋的词以《清平乐·夏日游湖》为代表,这首词描写了与情人相会的过程,由最初的湖上漫步,到缠绵缱绻的甜蜜欢聚,再到无奈分离归家后情绪的低落,整个过程充满起伏,将女性特有的细腻心理描绘得惟妙惟肖。类似的词作还有《鹊桥仙·七夕》,表达了对爱情的憧憬与大胆追求,也反映出对封建礼教的大胆反叛。

然而如此欢恋的时光在朱淑真的一生中极其短暂,陪伴她的多是充满愁思的日子,因此她的词更多的是反映春闺独处的孤寂、怀人怨别的思念、愁病相仍的生活。例如她的《浣溪沙·清明》,描写了在风和日暖的明媚春日里,词人却独处深闺的寂寞无聊,并微微透露出年华渐逝而爱巢难求的慨叹。最典型的是《减字木兰花·春怨》:"独行独坐,独倡独酬还独卧。伫立伤神,无奈春寒著摸人。　此情谁见,泪洗残妆无一半。愁病相仍,剔尽寒灯梦不成。"这首词开头连用五个"独"字,以层层递进的手法,把主人公寒夜独宿、孤寂凄凉的情状突出而形象地描绘了出来。在这孤寂的夜晚,"春寒"也来撩拨人的情思,终于,主人公从神伤到忍不住"泪洗残妆",凄怨之情如破闸之水,倾泻而下。然此情此景,无人见,亦无人怜,幻想有好梦来相慰,最后一句的"梦不成",则把主人公无奈绝望的情绪烘托到极致。全词的情绪层层积累、情节步步推进,把词人孤夜难眠的痛苦描写得淋漓尽致,塑造了一位寂寞孤独、愁病相仍、终日以泪洗面的女性形象。

朱淑真创作的许多优秀的抒情词,抒发了在不幸婚姻中的种种苦闷与哀怨,表现了封建社会妇女才华被压制、婚姻不如意的不幸命运,这也是无数与朱淑真一样富有才华但婚姻不幸的古代女性的共同命运。其词作虽有代表性,但总体来看,思想内容比较单薄,风格多凄怨消沉。值得注意的是,朱淑真有一部分词作表现了对于真挚爱情的热烈向往与大胆追求,在封建社会里,想别人之不敢想,为别人之不敢为。因为这些词,她曾经受到某些维护封建伦常的评论者的指责,如说她是"未适乎情性之正"(杨维桢《东维子集》),"岂良人家妇所宜邪"(杨慎《词品》)。但正是这些大胆奔放的抒情作品,把一个敢于蔑视封建伦理的束缚、勇敢追求爱情的女性形象展现在后人的面前,而她的作品也因此在整个封建时代的历史长河中绽放出异常夺目的光彩。

四

李清照与朱淑真是宋代文坛上交相辉映的两颗耀眼的明珠。二人的文学成就各有千秋,李清照以词闻名,而朱淑真则在诗歌创作方面成就较高。在词的创作方面,无论从数量还是质量上看,李清照词较朱淑真词都略胜一筹。清代陈廷焯《云韶集》说:"宋妇人能诗词者不少,易安为冠,次则朱淑真。"这一评价是符合实际的。具体说来,李清照虽然对词颇有创新、开辟,但内容表现方面则比较含蓄委婉,相比之下,朱淑真对感情的抒发则坦率大胆得多,她敢于突破世俗礼教的束缚,蔑视所谓卫道者的指责,在抒情方面直抒己怀,毫不扭捏作态,给人们呈现出一个真实的内心世界。

本书所采用的底本,李清照词以《全宋词》中所收的词为底本,朱淑真词以毛晋汲古阁本为底本,参校了《花草粹编》《历朝名媛诗词》等,并广泛参考了当今诸家研究成果,对词作加以注释,在注释中对难解的词句疏通串讲。辑评中除收入古代词评家的评点外,对今人具有创见的精辟分析亦加以录入,以助读者在吟诵原词的同时,能更深入地体会词义,欣赏其词作艺术,从中得到美好的艺术享受。

由于水平所限,书中舛误在所难免,不当之处,还请方家指正。

编 者

2009 年完稿,2016 年 8 月修订于北京

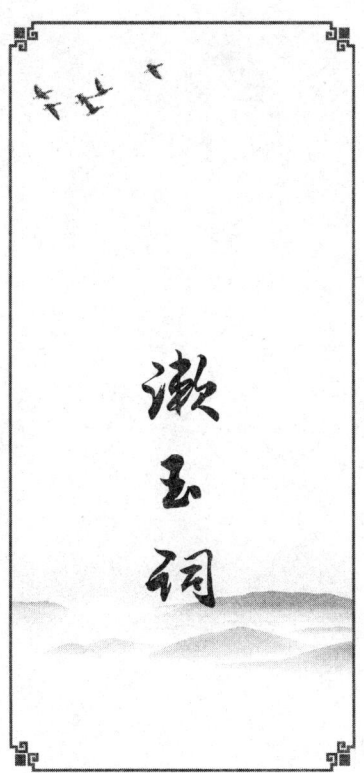

漱玉词

如梦令①

其 一

尝记溪亭日暮②,沈醉不知归路③。兴尽晚回舟,误入藕花深处④。争渡⑤,争渡,惊起一滩鸥鹭⑥。

注释

① 如梦令:词牌名。令,又称小令,或令曲,来自宴席上的酒令,唐五代词人令词较多。这是最早定型下来的词调,体制一般比较短小。此调为后唐庄宗李存勖(xù 旭)所创,原名《忆仙姿》,苏轼改为《如梦令》。《东坡志林》卷一载,苏轼曾在元丰七年十二月作"如梦"两首,并序曰:"此曲本唐庄宗制,一名忆仙姿,嫌其不雅驯,后改云'如梦'。庄宗作此词,卒章云'如梦,如梦,和泪出门相送',取以为之名。"

　　这首词是词人追忆少女时代的一次郊游活动。小令通过三十三个字便叙述了整个游玩的过程,词的内容和情调欢快活泼,既有感情的跌宕起伏,又有场景上的动静结合,非常生动。

② "尝记"二字表明所叙乃是一件曾引起词人回忆的往事,统领了下面对事件的叙述。"尝",一作"常"。溪亭:溪边的凉亭。"日暮":夕阳西下,暮色将至。

③ "沈醉"句:这句是说词人在开满荷花的溪中游玩,美景当前,饮酒助兴,竟至酣醉的状态,不知不觉中暮色降临。在暮色笼罩下,回家的路都有些辨认不清了,这为下文的"误入藕花深处"埋好伏笔。沈醉,深醉,酣醉。沈,同沉。此处的沉醉也兼指词人对花溪美景的留恋与迷醉。

④ 藕花:即荷花。

⑤ 争渡:犹言怎渡,如何渡。争,与"怎"同。连用两个"争渡",反映出急欲找到回家之路的词人心中的慌乱与焦灼。

⑥ "惊起"句:由于迷了路,词人划船不觉"误入藕花深处",惊起了荷丛深处休憩的水鸟,结果是"鸥鹭齐飞",打破了傍晚时分的宁静。在暮色苍茫的背景下,鸥鸟白鹭齐飞的情景颇具画面感,使该词的意境灵动十足。鸥鹭(lù 路),鸥鸟和白鹭。

辑评

　　唐圭璋云:李清照《如梦令》第一句云"常记溪亭日暮","常"字显然为"尝"字之误。四部丛刊本《乐府雅词》原为抄本,并非善本,其误抄"尝"为"常",自是意中事,幸宋陈景沂《全芳备祖》卷十一荷花门内引此词正作"尝记",可以纠正《乐府雅词》之误,由此亦可知《全芳备祖》之可贵。综观近日选本,凡选清照此词者无不作"常记",试思常为经常,尝为曾经,作"常"必误无疑,不知何以竟无人深思词意,沿误作"常",以讹传讹,贻误来学,影响甚大。希望以后选清照此词者,务必以《全芳备祖》为据,改"常"作"尝"。(《百家唐宋词新话》)

如梦令①

其 二

昨夜雨疏风骤②,浓睡不消残酒③。试问卷帘人,却道海棠依旧④。知否?知否⑤?应是绿肥红瘦⑥。

注释

① 这首词是惜春之作,寥寥数语间蕴含无限曲折,传达出作者对美好事物的怜惜、对大自然的热爱。全词语新意隽,字字传神,是历来为人们广为传诵的佳篇。

② 雨疏风骤:即雨小风急之意。疏,稀;骤,急。

③ "浓睡"句:此句说词人带着浓浓醉意入眠,虽经一夜酣睡,到清晨仍有残余的酒意未消。浓睡,犹酣睡。

④ "试问"二句:清晨侍女刚卷起户帘,词人就急切而担忧地询问院里的海棠花,侍女漫不经心地回答还是那样。试,尝试。这个"试"字传达出词人对花事的忧虑与牵挂。一夜风兼雨,情知海棠花会有怎样的遭遇,却又心存侥幸和不忍,故小心翼翼地询问侍女。却道,却说,微有转折意,恰见侍女的回答出乎意外,很是随意。

⑤ "知否":你知道吗?这句话具有微责与反驳的语调,而两句连问更是突出女主人爱花之心与惜花之情,与侍女不关心花事的态度形成鲜明对照,具有丰富、强烈的感情色彩。

如梦令（昨夜雨疏风骤）

⑥绿肥红瘦:绿,指海棠叶子;红,指海棠花。肥、瘦,一般用来形容人,此处用来形容叶子的繁茂与花的憔悴凋零。拟人手法的运用,新颖别致地描绘出海棠花在风雨之后花衰叶茂之态。

辑评

宋·胡仔云:近时妇人能文词,如李易安颇多佳句。小词云:"绿肥红瘦",此语甚新。(《苕溪渔隐丛话》前集卷六十)

宋·陈郁云:李易安工造语,《如梦令》"绿肥红瘦"之句,天下称之。余爱赵彦若《剪彩花》诗云"花随红意发,叶就绿情新"。"绿情""红意",似尤胜于李云。(《藏一话腴》内篇卷下)

明·张綖云:韩偓诗云:"昨夜三更雨,今朝一阵寒。海棠花在否?侧卧卷帘看。"此词盖用其语点缀,结句尤为委曲精工,含蓄无穷之意焉,可谓女流之藻思者矣。(《草堂诗余别录》)

清·王士禛云:前辈谓史梅溪之句法,吴梦窗之字面,固是确论。尤须雕绘而不失天然,如"绿肥红瘦""宠柳娇花",人工天巧,可称绝唱。(《花草蒙拾》)

明·蒋一葵云:李易安又有《如梦令》云:"昨夜雨疏风骤,浓睡不消残酒。试问卷帘人,却道海棠依旧。知否?知否?应是绿肥红瘦。"当时文士莫不击节称赏,未有能道之者。(《尧山堂外记》卷五四)

清·查初白云:可与唐庄宗《如梦令》叠字争胜。(张思岩《词林纪事》卷十九引)

清·黄苏云:一问极有情,答以依旧,答得极澹。跌出"知否"二句来,而"绿肥红瘦",无限凄婉,却又妙在含蓄。短幅中藏无数曲折,自是圣于词者。(《蓼园词选》)

清·徐钒云:李又有春晚《如梦令》云云,极为人所脍炙。(《词苑丛谈》卷三)

清·陈廷焯云:只数语中层次曲折有味。世徒称其"绿肥红瘦"一语,犹是皮相。(《云韶集》卷十)

怨王孙①

湖上风来波浩渺②。秋已暮、红稀香少③。水光山色与人亲,说不尽,无穷好④。　　莲子已成荷叶老。清露洗、蘋花汀草⑤。眠沙鸥鹭不回头,似也恨,人归早⑥。

注释

① 怨王孙:词牌名,又名《忆王孙》。此调原名《河传》,名称起于隋代,其词创自晚唐温庭筠。五代韦庄开始改用《怨王孙》名。

　　这是一首描写自然景物的词。通首词好像一幅绝妙的秋天风光素描,鲜明生动,清新自然。"水光山色与人亲,说不尽,无穷好""眠沙鸥鹭不回头,似也恨,人归早",都是拟人化的写法。通过这些修辞手法,词人将笔下的风景、动物都赋予了生命,具有丰富的情感,似在与人的交流中,显示出相知相近、可亲可爱的一面。实际上,从山水鸥鸟的反应中,恰恰折射出了词人心中对自然风物与花草鸟兽的亲近喜爱之情。

② "湖上"句:微风吹过,辽阔的湖面兴起微微的波澜。浩渺,形容湖面辽阔。

③ 红稀香少:深秋时节,荷花大多已凋谢,残存的红花点点,不时散发出淡淡的花香。红,指花。

④ "水光"三句:写荷花虽已凋谢,然而秋日里,微风吹拂,湖水潋滟,青山着翠,景色让人感觉格外亲切,面对自然界的诸般美好,多少语言似乎都显得苍白,不足以充分表达身处其中的感受。

⑤ "清露"句:经过清晨露珠的洗涤,湖边的花草色彩愈发鲜亮,令人赏心悦目。蘋,即白蘋,多生于浅水中,属草本蕨类植物。汀,水边平地或湖中小洲。

⑥ "眠沙"三句:此处运用拟人化移情手法。词人即将离去时,对于眼前美景恋恋不舍,不忍移步离开。而此时,鸥鸟和白鹭已安静地在沙洲上休息。词人却将水鸟的这些表现联想为鸥鹭在恼怒词人早早地归去而故意不去看自己。这种联想充满天真而又富有情趣,将一颗热爱自然的少女之心描写得淋漓尽致。

浣溪沙①

其 一

小院闲窗春色深②。重帘未卷影沈沈③。倚楼无语理瑶琴④。　远岫出云催薄暮⑤,细风吹雨弄轻阴。梨花欲谢恐难禁⑥。

注释

① 浣溪沙:词牌名。唐玄宗时的教坊曲名,后用为词牌,由六个七言律句组成。亦作《浣溪纱》或《浣纱溪》,别名有《小庭花》《山花子》《清和风》《试香罗》《广寒枝》等。清末发现的敦煌卷子中有唐五代时的舞谱二卷,载有《退方远》《南歌子》《南乡子》《浣溪沙》《凤归云》《双燕子》等六谱,这是现在所能见到的最早的唐代歌舞曲谱。

　　这首词描写闺房独处的闲愁与落寞,抒发对美好春光逝去的无限伤感。看似闲愁,然而一重又一重的积累,终至让人难以承受。

② "小院"句:寂静的小院里,词人透过装饰别致的窗户,看到院中的花草树木已然呈现暮春时节的景致了。闲窗,有雕花和护栏的窗户。春色深,指已是暮春时节,草木浓郁,韶光将逝。

③ "重帘"句:阁楼上层层帘幕没有卷起,一任闺房内光线幽暗,暗影重重。沈沈,深沉貌。沈,同沉。

④ "倚楼"句：词人独坐阁楼之上，万千心事无处言说，唯有倚在栏杆处，低头拨弄琴弦。此言高门朱户内的富丽难以挽留春光流逝的脚步。"倚楼无语"，有未吐之深情蕴藉其中。理，弹奏。瑶琴，瑶，美玉。因琴上饰有玉，所以叫瑶琴。

⑤ "远岫(xiù秀)"句：词人凭窗远望，只见远处的山峰云出云归，时光流逝，不觉已到黄昏时分。远岫，远山的峰峦。顾敻《更漏子》有"远岫参差迷眼"。薄暮，傍晚。

⑥ "细风"二句：此处用词极淡。傍晚时分，天空中有着薄薄的云层，微风吹来，细细的雨丝无声地落到地面，所有的景物都显得很轻盈。然而暮春时节，梨花已然将要凋落，即便是微风、细雨，恐怕也难以承受摧残吧！想到残花遍地的情景，词人空有深情的眷恋，但又无力挽回。此情此景无疑为词人的满腔愁绪又涂上了浓重的一笔。禁，禁受，受得住。

辑评

明·杨慎云：(评"远岫"句)景语，丽语。(杨慎批点本《草堂诗余》卷一)

明·李攀龙云：分明是闺中愁、宫中怨情景。又云：少妇深情，却被周君(按此误作周邦彦词)浅浅勘破。(《草堂诗余隽》卷一)

明·董其昌云：写出闺妇心情，在此数语。(《便读草堂诗余》卷一)

明·沈际飞云：雅练。"欲谢难禁"，淡语中致语。(《草堂诗余正集》卷一)

浣溪沙①

其 二

淡荡春光寒食天②。玉炉沉水袅残烟③。梦回山枕隐花钿④。　　海燕未来人斗草⑤,江梅已过柳生绵⑥。黄昏疏雨湿秋千⑦。

注释

① 这首词是寒食日的即景之作,通过对春日里典型景物与意境的描写,含蓄地抒发出惜春留春之意。

② 淡荡:即澹荡,形容春和景明,春意融融。寒食:宗懔《荆楚岁时记》:"去冬节一百五日,即有疾风甚雨,谓之寒食。禁火三日,造饧大麦粥。按:介之推三月五日为火所焚,国人哀之,每岁春暮,不举火,谓之禁烟。"民间流传寒食节起源于人们对春秋时期忠臣义士介子推的纪念和祭奠。介子推曾跟随晋公子重耳流亡。重耳做国君(即晋文公)后要封赏他,介子推却带老母到绵山隐居,不受封赏。晋文公为逼介子推出山,就放火烧山,结果介子推被烧死在山中。晋文公便把烧山的这一天定为介子推的祭日,这一天禁火。"寒食天",说明该词所写乃仲春时节的景象。

③ "玉炉"句:这句是说香炉中香料即将燃尽,只有残烟袅袅升起,闺房内宁静、温馨而又隐约有淡淡的落寞之感。玉炉,焚

香炉的美称。沉水,沉香的别称。沉香,植物名,花白色,木材为著名的熏香料,又名沉水香、奇南香。袅,袅袅。烟柔长曲折、缭绕上升的样子。结合下句看,这句是词人春睡醒来所见,残烟将尽,说明已睡了一炷香的时辰。

④ "梦回"句:春意盎然的季节,词人却独处闺房,对着香炉中的一缕青烟发呆,不觉沉沉睡去,醒来时发觉头上的花钿因梦中辗转而落于枕边。山枕,两端突起如山、形同凹字的枕头。花钿,指用金银做成的花形头饰。以上三句为倒叙,写出闺中女子春睡醒来时眼中之景。

⑤ "海燕"句:此句视角宕开,转向户外。燕子还未从南方归来,邻家儿女们却已按捺不住春天到来的喜悦,纷纷走出门外,在大自然中玩着斗百草的游戏。海燕,古时人们认为燕子春天从海上飞来北方,故称海燕。斗草,古代民间流行的游戏,南北朝时称"踏百草",唐代称"斗草"或"斗百草"。宗懔《荆楚岁时记》:"五月五日,四民并蹋百草,又有斗百草之戏。"唐以后斗草的方式大概有两种:一种是比试草茎的韧性,儿童互相用草木角力,坚韧者胜,折断者败;另一种则是比试谁采的花草种类最多,宋代民俗亦然。范成大《春日田园杂兴》:"青枝满地花狼藉,知是儿孙斗草来。"

⑥ "江梅"句:江梅的花期已过,又到了柳絮漫天飞舞的时节,时光匆匆地飞逝,让人徒生无可奈何之感。江梅,一种野生梅花,花期较早。

⑦ "黄昏"句:到黄昏时,又稀稀落落地下起了小雨,渐渐打湿了

秋千。想来词人的这一天最终是在闺房中度过的。邻家儿女春光中游戏的欢乐场景与词人闺中因春光流逝而引起的落寞伤感形成鲜明对比。

辑评

清·黄苏云："黄昏疏雨湿秋千"，可与"丝雨湿流光""波底夕阳红湿""湿"字争胜。（《蓼园词选》）

浣溪沙①

其 三

髻子伤春慵更梳②。晚风庭院落梅初③。淡云来往月疏疏④。　玉鸭熏炉闲瑞脑⑤，朱樱斗帐掩流苏⑥。遗犀还解辟寒无⑦。

注释

① 这首词首句即奠定"伤春"的抒情基调，词人于庭院中近观晚风落梅、仰视淡云疏月，营造出一种凄凉伤感的氛围，渲染出伤春之情。下片转入室中，香炉闲置，床帐空掩，写尽闺中寂寞孤独之状，故虽已初春却难免自生寒意。或言此词写于清

照结褵未久,明诚即负笈远游,其伤春本于伤别之情。

② "髻子"句:暗用女为悦己者容之意,因为伤春伤别,词人清早起来,头发也无心梳理,任其凌乱无状。髻(jì记)子,发髻,古代汉族女子盘在头顶或脑后的发结。慵(yōng雍),懒,懒得动。

③ 落梅初:既是写景,又点明时节。梅花冬末春初开放,梅初落,为早春时节,天气尚寒。晚风吹拂,梅花飘零,更添凄清之感。慵(yōng雍),懒,懒得动。

④ "淡云"句:薄薄的云层,被风吹得来回飘动,偶尔遮住月亮,地面的月光便显得斑驳稀疏。疏疏,稀疏貌。

⑤ 玉鸭熏炉:玉制或白瓷制的鸭形熏香炉。瑞脑:一种香料。段成式《酉阳杂俎》前集卷一:"天宝末,交趾贡龙脑如蝉蚕形,波斯言老龙脑树节方有,禁中呼为瑞龙脑,上唯赐贵妃十枚,香气彻十余步。""闲瑞脑"说明词人只是将香料置于香炉中,而无心情去点燃,可见其心绪不佳之慵懒状。

⑥ 朱樱斗帐:指颜色如樱桃般朱红色的小帐。斗帐,覆斗形的帐子。流苏:饰于帷帐上的五彩丝绳。陆翙《邺中记》:"石虎御床,壁方三丈。冬月施熟锦流苏斗帐,四角安纯金龙,头衔五色流苏。"闺房内陈设虽极其华丽,然相爱的人不在身边,反增伤感。

⑦ "遗犀"句:意谓室中虽然留有避寒的犀角,现在还能避寒吗?辟,与"避"通。古代相传有种犀角可以辟寒。《开元天宝遗事》:"交趾国进犀一株,色黄如金,使者请以金盘置于殿中,

温温然有暖气袭人。上问其故,使者曰:此辟寒犀也。"这句用反问句式,强调此情此景之下,即使有避寒的犀角,也无法消除词人心中孤独凄凉的寒意。

辑评

　　明·沈际飞云:话头好。渊然。(《草堂诗余续集》卷上)

　　清·谭献云:易安居士独此篇有唐调,选家炉冶,遂标此奇。(《复堂词话》)

　　清·周济云:闺秀词惟清照最优,究苦无骨。存一篇尤清出者。(《介存斋论词杂著》)

　　清·陈廷焯云:清丽之句(评"淡云"句)。宛约(评"遗犀"句)。(《云韶集》卷十)

浣溪沙①

其　四

　　莫许杯深琥珀浓②。未成沈醉意先融③。疏钟已应晚来风④。　　瑞脑香消魂梦断⑤,辟寒金小髻鬟松⑥。醒时空对烛花红⑦。

注释

① 这是一首闺怨词。词人为离情别绪所困,寄情美酒,借酒浇愁,希冀暂时忘却忧愁,然饮酒未醉,美梦未成,无限孤寂的愁苦情怀始终不得消解。词中以"瑞脑香""辟寒金""烛花红"点缀闺房,意象华贵,色彩秾丽,传达出的却是闺房内的孤寂与清冷,将闺怨之情表现得深沉委婉、含蓄蕴藉。

② "莫许"句:意谓不要以为高杯浓酒就能消愁。结合下句看,此句是想说明再多再浓的酒也不能解愁。琥珀(hǔ pò 虎破),松树的树脂积压在地底下长久而形成的化石,色蜡黄或赤褐。这里形容美酒色浓如琥珀。李白《客中作》:"兰陵美酒郁金香,玉碗盛来琥珀光。"

③ "未成"句:此言酒不醉人人自醉,还没喝多少,酒中已融入了无限的伤心事。意,伤离伤别之意。融,融入,融合。

④ "疏钟"句:远处传来几声悠扬的钟声,伴着傍晚的风声,声声入耳,让人更生空旷、孤寂之感。

⑤ 瑞脑:见上首注。一种香料,又名龙脑,乃香中极品,亦可入药。魂梦断:即梦醒。

⑥ "辟寒金"句:谓饰有辟寒金的簪子小,难以簪发,因此发髻松了。此句写夜深醒来时发髻蓬乱之状,以见长夜之辗转难眠。辟寒金,任昉《述异记》卷下:"三国时,昆明国贡魏嗽金鸟,鸟形如雀,色黄,常翱翔海上,吐金屑如粟。至冬,此鸟即畏霜雪,魏帝乃起温室以处之,名曰辟寒台。故谓吐此金为辟寒金也。"髻鬟(jì huán 记环),古代妇女梳的环形发髻。

⑦ "醒时"句:词人半夜醒来,不能入睡,独自一人空对着烛花,不免黯然神伤。烛花,犹灯花,指灯芯燃烧时结成的花状物。梁元帝《对烛赋》:"烛烬落,烛花明。"相传烛花是喜事的征兆,故结尾可见词人于孤独中,心中既有无限幽怨,又隐隐怀有与心上人团聚的希望。

点绛唇①

蹴罢秋千②,起来慵整纤纤手③。露浓花瘦,薄汗轻衣透④。　　见客入来,袜刬金钗溜⑤。和羞走⑥。倚门回首,却把青梅嗅⑦。

注释

① 点绛唇:词牌名。此调因江淹《咏美人春游》诗句而得名。杨慎《词品》:"《点绛唇》取梁江淹诗'白雪凝琼貌,明珠点绛唇'以为名。"南唐冯延巳始以此调填词,见于其《阳春集》。又有《点樱桃》《十八香》《南浦月》《沙头雨》《寻瑶草》《万年春》异名。

　　此词描写青春少女荡罢秋千,见有来客后的种种娇媚天真情态,极具画面感,正如詹安泰所评:"女儿情态,曲曲绘

出,非易安不能为此。求之宋人,未见其匹,耆卿、美成尚隔一层。"(《读词偶记》)

② 蹴(cù促):踩,踏。此指荡秋千。

③ 纤纤手:纤纤,细长状。此指少女纤细娇嫩的手。《古诗十九首》有"纤纤擢素手"句。

④ "露浓"二句:少女荡秋千玩得酣畅淋漓,以至于轻薄的衣衫被汗水浸透,犹如娇嫩的花枝上沾满了晶莹的露珠,让人心生怜爱,写出了少女的娇憨之态。

⑤ "见客"二句:见到客人进来,少女因为急着要躲开来客,鞋子都来不及穿,穿着袜子便飞快地躲到了门后,慌乱中头上的发钗也滑了下来。袜刬(chǎn产),未穿鞋而以袜践地之意。出自南唐后主李煜《菩萨蛮》:"刬袜步香阶,手提金缕鞋。"溜,滑下。

⑥ 和羞走:含羞快步离开,这是少女独有的羞涩娇媚情态。这三字也引人猜想,让天真少女感到害羞的来客会是谁呢?

⑦ "倚门"二句:少女倚在门边,以"嗅青梅"的动作作掩饰,回头将来人细细打量一番,与上句所描述的慌张之态形成鲜明对比,表现出少女的好奇大胆与娇俏可爱。青梅嗅,此句由李煜《浣溪沙》"佳人舞点金钗溜,酒恶时拈花蕊嗅"词句化出。青梅,青色的梅子。李白《长干行》:"郎骑竹马来,绕床弄青梅。"后来"青梅竹马"逐渐被用来形容两小无猜的爱情。此处也隐隐含着少女对纯真爱情的向往。据此,有人猜测"来客"或为赵明诚。

辑评

明·钱允治云:曲尽情惊。(《续选草堂诗余》卷上)

明·沈际飞云:片时意态,淫夷万变。美人则然,纸上何遽能尔。(《草堂诗余续集》卷上)

明·潘游龙等:"和羞走"下,如画。(《古今诗余醉》卷十二)

清·贺裳云:至无名氏"见客入来,袜划金钗溜。和羞走,倚门回首,却把青梅嗅"直用"见客入来和笑走,手搓梅子映中门"二语演之耳。语虽工,终智在人后。(《皱水轩词筌》)

点绛唇①

寂寞深闺,柔肠一寸愁千缕②。惜春春去,几点催花雨③。　　倚遍阑干,只是无情绪④。人何处?连天芳草,望断归来路⑤。

注释

① 这首词写出了深闺的浓愁。首句破题,极言其愁绪之多,千丝万缕集于寸寸柔肠。下面以情景交融的手法层层抒写愁情:先写伤春之愁,雨催花落,春意阑珊,满目凄凉;再写伤别之愁,词人遍倚阑干,心绪低落;结尾先点出闺愁原因之所

在,即"良人"远游,不知何日归来,接以浓墨重彩写出盼归之愁,词人望断天涯,思念如芳草般绵延无际。

② "柔肠"句:极言愁绪之多而柔肠不堪负荷。"一寸"与"千缕",对比强烈。

③ 催花雨:春雨似催得百花凋零,春天就要归去了。词人因思念远方的"良人",因而对春光的流逝格外敏感,点点春雨更添一段愁绪。

④ "倚遍"二句:言倚栏远望,良人不归,徒增忧愁。阑干,即栏杆。

⑤ "连天"二句:词人无数次地登高望远,顺着丈夫归来时的必经之路,满怀期待痴痴地望着,然而极目所见,唯有绵延至天际的萋萋碧草,依然不见丈夫的人影。芳草,一作"衰草"。此处化用《楚辞·招隐士》"王孙游兮不归,春草生兮萋萋"之句意,以无边的芳草比喻无尽的思念。望断,一直看到天际尽头,表示望人之久、之远。

辑评

明·钱允治云:草满长途,情人不归,空搅寸肠耳。(《续选草堂诗余》卷上)

明·沈际飞云:简当。(《草堂诗余续集》卷上)

明·陆云龙云:泪尽个中。(《词菁》卷一)

明·黄河清云:夫词体纤弱,壮夫不为。独惜篇什寂寥,彼歌《金缕》、唱《柳枝》者,其声宛转易穷耳。所刻《续集》中如李后

点绛唇（寂寞深闺）

主之"秋闺",李易安之"闺思",晏叔原之"春景",萧竹屋之"纪梦""怀旧",周美成之"春情"……以此数阕,授一小青娥,拨银筝,倚绿窗,作曼声,则绕梁遏云,亦足令多情人魂销也。(《草堂诗余续集·序》)

清·陈廷焯云:情词并胜,神韵悠然。(《云韶集》卷十)

渔家傲①

雪里已知春信至②,寒梅点缀琼枝腻③。香脸半开娇旖旎④。当庭际、玉人浴出新妆洗⑤。　造化可能偏有意,故教明月玲珑地⑥。共赏金尊沉绿蚁。莫辞醉,此花不与群花比⑦。

注释

① 渔家傲:词牌名。又名《水鼓子》《荆溪咏》《渔父咏》《吴门柳》《神仙咏》等。此调不见于唐五代词,至北宋晏殊、欧阳修则填此调独多。《钦定词谱》卷十四云:"此调始自晏殊,因词有'神仙一曲渔家傲'句,取以为名。"

这是一首咏梅词,抒发了词人对梅花的热爱与赞美之情,亦映射出词人的高洁志趣。词中所咏寒梅为蜡梅,梅花外部黄色,内为紫褐色。

② 春信:春天的信使。因为梅花于冬末开花,所以词人将其比喻为春天的信使。梅花于雪中傲寒开放,给人间带来春天的消息。

③ "寒梅"句:蜡梅点缀在白玉般玲珑剔透的枝头。琼枝腻,寒梅树枝本清瘦,被雪覆盖着变得丰润皎洁。腻,丰润。

④ "香脸"句:这句写梅花花蕾初绽,如美人半露香脸。词人运用拟人化手法,将寒梅比喻为含情脉脉、娇柔多姿的美人,刻画出蜡梅花蕾初绽、香气袭人的绰约风姿。旖旎(yǐ nǐ 椅你),柔媚的样子。

⑤ "玉人"句:梅花初绽,清新脱俗,如刚刚出浴、换上新妆的美人。玉人,美人。

⑥ "造化"二句:大自然对蜡梅好像也格外厚爱,特意让今晚的月光如此明亮,使月光下的万物变得玲珑剔透,让人们能更好地欣赏到梅花绰约的风姿与高洁的品行。词人借赏梅以抒情怀,体现出对梅花高洁美好品质的追求和对世俗的鄙弃,也使全词格调高雅清新。造化,指自然界的创造者。玲珑,明亮通透。

⑦ "共赏"三句:如水的月光温柔地笼罩着初绽的梅花,美景当前,何不一起共赏梅花,畅饮美酒,不醉不归呢?因此花独具高洁的品质,凌寒怒放,实非一般花儿可比。金尊,酒器。尊,与"樽"通。绿蚁,新酿的酒,未滤清时,酒面浮起酒渣,色浅绿,细如蚂蚁,故名。白居易《问刘十九》:"绿蚁新醅酒,红泥小火炉。"

渔家傲①

天接云涛连晓雾②。星河欲转千帆舞③。仿佛梦魂归帝所④。闻天语⑤,殷勤问我归何处⑥? 我报路长嗟日暮⑦。学诗谩有惊人句⑧。九万里风鹏正举⑨。风休住,蓬舟吹取三山去⑩。

注释

① 这首词《花庵词选》题作《记梦》。当作于李清照南渡之后。据作者《金石录后序》记载,公元1130年(宋高宗建炎四年),随着金兵不断南侵,李清照在避难中曾流转于台州(今浙江临海)、黄岩(今浙江黄岩)等地,并雇船出海,追随出行中的朝廷,又从海路抵温州(今浙江温州)、越州(今浙江绍兴),其间历尽风涛,备尝艰险,渡江时携带的大量金石文物等遗失殆尽。故此词开篇描写的海上景象有其亲身经历,气象宏阔壮观。在描写海上奇观后,词人想象自己在梦境中与天帝对话,希望能如鹏鸟高飞远举般展示自己的才华,显示出豪迈的气概和积极进取的精神。全词意境壮阔,想象奇幻,豪气逼人,显示出词人对自己才华的高度自信,展示了一个卓然自立于时代前沿的女性形象。

② "天接"句:天空云层翻滚,如同大海的波涛,晓雾弥漫,连接着天空与海面。

③ "星河"句:写乘舟航行中的感受。仰望银河,群星似随舟行而转动;纵观海面,风催舟行,千帆齐舞。星河,银河,天河。

④ 帝所:神话中天帝所住的地方。

⑤ 天语:天帝的话语。

⑥ 殷勤:关心、关切。归何处:到何处。此处指词人有着什么样的胸襟与抱负。

⑦ "我报"句:意谓时光飞逝,而追求理想之路却依然艰难而漫长。报,回答。路长,指人生之路长且充满艰辛。暗用《楚辞·离骚》"路曼曼其修远兮,吾将上下而求索"。嗟,感叹。日暮,用《楚辞·离骚》"欲少留此灵琐兮,日忽忽其将暮"之意。

⑧ "学诗"句:指自己空有杰出的才华却不得施展。谩有,空有,徒有。惊人句,杜甫《江上值水如海势聊短述》:"为人性僻耽佳句,语不惊人死不休。"

⑨ "九万里"句:用《庄子·逍遥游》:"鹏之徙于南冥也。水击三千里,抟扶摇而上者九万里,去以六月息者也。"此句表达了词人决意克服各种束缚,如鹏鸟乘风远游一样,不断积极进取,追求理想。鹏举,形容鹏鸟奋飞向上。

⑩ "风休住"二句:词人断然喝令助鹏鸟搏击九万里的大风不要停住,一定要把自己的小舟吹到东海的三神山边。蓬舟,像蓬草一样随风而去的轻舟。三山:据《史记·封禅书》载,古代相传海中有三神山:蓬莱、方丈、瀛州。三神山上有仙人与长生不老药,但可望而不可即,临近时就会被风引开,故无人能到。在这里,词人以三山之"难至"比喻所追求的境界之

高,阻力之大。但词人却毫不畏惧,而是以惊人的气魄,喝令永不停歇的大风把小船吹到三神山下,由此可见词人心胸气魄之宽阔磊落,追求理想之高远坚定。

辑评

清·黄苏云:此似不甚经意之作,却浑成大雅,无一毫钗粉气,自是北宋风格。(《蓼园词选》)

清·梁启超云:此绝似苏辛派,不类《漱玉集》中语。(《艺蘅馆词选》乙卷)

夏承焘云:这首词中就充分表示她对自由的渴望,对光明的追求。但这种愿望在她生活的时代现实生活中是不可能实现的,因此她只有把这寄托于梦中虚无缥缈的神仙境界,在这境界中寻求出路。然而在那个时代,一个女子而能不安于社会给她安排的命运,大胆地提出冲破束缚、向往自由的要求,确实是很难得的。……这首风格豪放的词,意境阔大,想象丰富,确实是一首浪漫主义的好作品。出之于一位婉约派作家之手,那就更其突出了。(《唐宋词欣赏》)

庆清朝①

禁幄低张,彤栏巧护②,就中独占残春③。容华淡竚,绰约俱见天真④。待得群花过后,一番风露晓妆新⑤。妖娆艳态,妒风笑月,长殢东君⑥。　　东城边,南陌上,正日烘池馆,竞走香轮⑦。绮筵散日,谁人可继芳尘⑧?更好明光宫殿⑨,几枝先近日边匀⑩。金尊倒,拚了画烛,不管黄昏⑪。

注释

① 庆清朝:词牌名,北宋词人王观创调。双调,九十七字,押平声韵。

　　这是一首咏牡丹的词。据钱易《南部新书》记载,宋时有"三月十五日两街看牡丹,奔走车马"的风俗。此词所记乃词人青年时代于京城汴梁观赏牡丹的盛景。上半阕反复铺陈,层层渲染暮春时节牡丹独占春情的淡雅柔美的芳姿,惹得风月妒忌、春神都为之驻足。下半阕写京城赏花盛况:城边路上,人们奔车走马,饮宴花边,如痴如狂,直至黄昏夜晚。另说此词为咏芍药。

② "禁幄(wò 沃)"二句:宫禁中护花的帐幕低低地垂着,在牡丹花的四周张开;红色的栏杆巧妙地环绕着花丛。如此精心地呵护,凸显此花的珍贵。禁,宫禁。幄,即帐幕。彤栏:朱栏,红色的栏杆。

③ "就中"句:暮春时节,百花凋谢,只有牡丹傲立枝头,绚丽开

放。吴融《僧舍白牡丹》诗:"春残独自殿群芳。"可证此词所咏为牡丹,而非芍药。独,百花已经凋谢,唯独牡丹于此时盛开。春残,暮春时节。

④ "容华"二句:盛开的牡丹花儿恬静淡雅,如同不饰铅粉,天生丽质、天性纯真的少女一般美好。容华,美丽的容貌。淡竚(zhù 住),恬淡宁静。绰约,态柔美的样子。

⑤ "待得"二句:等到百花开过,牡丹初绽芳容,经过春风吹拂、春露滋润的牡丹花儿,如晨起后刚刚梳洗妆罢的少女般清新脱俗,美不可言。

⑥ "妖娆(ráo 饶)"三句:用拟人的手法,说牡丹的妩媚艳丽,仪态万方,让春风心生妒忌,让春月展露笑颜。春神也为之吸引,不觉中放慢了归去的脚步,不忍离开。妖娆艳态,妩媚多姿,仪态万方。殢(tì 替),滞留的意思。东君,神话中五方天神里的东方神君,东方主五行中的木,东君为司春之神。

⑦ "东城"四句:在东城、南陌这些日光先临易照之处,牡丹开得正盛,人们乘车追寻牡丹的踪迹,奔走于各个池馆。车子被花香浸润,所过之处,车轮隐隐散发出香气。香轮,浸染花香的车轮。

⑧ "绮筵"二句:赏花的人们摆下丰盛的筵席,一边欣赏牡丹,一边畅饮美酒。然在此极为欢乐之时,词人突然不无忧伤地想到,待到牡丹落去,还有谁能继之于后,带给人间如此的美丽呢?这一突然的转折,隐含着对美好事物逝去的不舍与感

慨,也让前面渲染的欢乐场景蒙上了一层感伤的色彩。绮筵,丰盛而奢华的筵席。芳尘,花开盛时,尘土都沾染了花的香气。

⑨ 明光宫殿:汉代宫殿名。《三辅黄图·汉宫》:"未央宫渐台西有桂宫,中有明光殿,皆金玉珠玑为帘箔,处处明月珠,金陛玉阶,昼夜光明。"这里喻指北宋汴京的宫殿。

⑩ "几枝"句:正在暗自忧伤之时,在皇宫内苑,词人看到有几枝向阳的牡丹已坼花苞,即将绽放,由此想到,背阴处的牡丹之后也一定会次第绽放,春日还可多驻留一段时日,内心不由豁达起来。日边,古人以日喻皇帝,此处指在皇宫中。

⑪ "金尊倒"三句:随着欢乐的人群,词人也纵情畅饮,杯盘酒盏,横陈斜倒,且不管是日落黄昏,还是燃尽蜡烛,只须赏花饮酒,极乐方休。面对春光逝去的无奈,词人采取了不如珍惜花时、及时行乐的达观态度。金尊,盛酒的美器。尊,同"樽"。拚(pàn 盼),舍弃,不顾惜。

辑评

黄墨谷云:此词各本无题,细玩词意,有"就中独占残春",乃咏芍药之作。苏东坡诗:"一声啼鴂画楼东,魏紫姚黄扫地空。多谢化工怜寂寞,尚留芍药殿春风。"王十朋《芍药》诗:"千叶扬州种,春深霸众芳。"(《重辑李清照集》)

鹧鸪天①

桂　花

暗淡轻黄体性柔②。情疏迹远只香留③。何须浅碧深红色，自是花中第一流④。　　梅定妒，菊应羞⑤。画阑开处冠中秋⑥。骚人可煞无情思，何事当年不见收⑦。

注释

① 鹧鸪天：词牌名。唐教坊曲有曲名叫《山鹧鸪》，又称《鹧鸪词》，唐人多有倚此曲填词者。但作为词调的《鹧鸪天》始于北宋宋祁，据杨慎《词品》卷一云，宋祁写成"鹧鸪词"后，取郑嵎诗句"春游鸡鹿塞，家在鹧鸪天"的"鹧鸪天"三字作为题目。后来众多仿效宋祁"鹧鸪词"的人也都取"鹧鸪天"为题目。至晏几道填此词独多，终使"鹧鸪天"形成词调而流传下来。

　　这首《鹧鸪天》咏桂词与《摊破浣溪沙》咏桂词同是李清照与丈夫为避"党争之祸"而屏居青州时的作品。作品中将桂花与群花作比，以梅、菊为陪衬，通过对桂花色泽雅致、远在山林而香传人间的赞叹，隐喻内在美的可贵，表现词人别具一格的精神追求与审美情趣。

② 轻黄：淡黄。桂花呈淡黄色，清新雅致，品性柔和，如温婉端

庄的女子让人心生敬重感。

③ "情疏"句:桂树常生于高山之中,与同类树木为林,生长处无杂草,其花香浓郁,传播甚远。桂花以其性情疏放、踪迹隐逸、清高脱俗的品质而为世人所敬重。

④ "何须"二句:桂花色泽淡雅,不以妖娆艳丽与群花争艳,亦不必借着浅绿深红般的色泽来吸引人们的关注,它芬芳的香气、高雅的品性就足以使它成为花中第一流。何须,何必、不须的意思。

⑤ "梅定妒"二句:梅花凌寒怒放,是报春之花;菊花亦不畏秋霜,百花开尽独妍,梅与菊尽管备受文人骚客的赞赏,且在外形方面也优于桂花,然而桂花作为中秋佳节的应时之花,其独具的内在美使其卓然独立。相形之下,梅花也会妒忌它浓郁的芳香,菊花面对它的高远行迹也会感到羞愧。这里,词人并不是要否定梅与菊,而是通过对比,衬托桂花内在美的可贵。

⑥ "画阑"句:中秋时节开放的花中,桂花独占鳌头。画阑,即画栏,雕花的栏杆。冠中秋,中秋时节花中之冠。

⑦ "骚人"二句:屈原在其作品中多喜以香花异草比喻君子修身养德,洁身自好,但是他无一语言及桂花,故李清照称其"无情思",没有体会到桂花的可贵、可爱之处。陈与义《清平乐·木犀》云:"楚人未识孤妍,《离骚》遗恨千年。"与此意同。词人通过指出"骚人"遗漏桂花的不足,突出其卓尔不群的审美态度。骚人,屈原作《离骚》,故有骚人之称。可煞,可是,疑问词。

鹧鸪天①

寒日萧萧上锁窗。梧桐应恨夜来霜②。酒阑更喜团茶苦③，梦断偏宜瑞脑香④。　　秋已尽，日犹长。仲宣怀远更凄凉⑤。不如随分尊前醉⑥，莫负东篱菊蕊黄⑦。

注释

① 这首词写于宋建炎二年(1128)秋作者南渡之后，赵明诚时任江宁知府。该词所抒发的感情既有悲秋伤时、孤寂无聊之苦，又有故国沦丧、流离失所之悲，抒情跌宕有致。身世之叹与家国之思相交织，使得感情格外深沉蕴藉。

② "寒日"二句：深秋时节，惨淡的日光穿过雕刻着花纹的窗户照到屋内，益发增添凄清萧索之感。秋将尽，寒气逼人，庭院中的梧桐枯黄凋零，树叶上蒙着一层薄薄的秋霜，连树木也会怨恨那夜晚来袭的寒霜吧。萧萧，冷落萧索貌。锁窗，锁通琐，即琐窗，棂上镂刻成连锁花纹的窗户。

③ "酒阑"句：词人借酒浇愁，醉意阑珊时，更喜欢用浓浓的苦茶来醒酒。酒阑，酒尽。团茶，团片状之茶饼，饮用时碾碎。宋代团茶有龙团、凤团、小龙团等多种品种，为进贡宫廷特制的茶饼，上印龙凤图纹，也叫"龙凤团"，为茶中的珍品。欧阳修《归田录》卷二："茶之品，莫贵于龙凤，谓之团茶，凡八饼重一斤。"

④ "梦断"句：梦中醒来特别适宜品味瑞脑的余香。这句是写夜晚

鹧鸪天（寒日萧萧上锁窗）

的孤独与寂寞。瑞脑,即龙脑香,香中极品,详见前《浣溪沙》(髻子伤春慵更梳)注。香未燃尽而词人已醒,在这难眠之夜,只有在缭绕的香烟中独自品味着漫漫长夜的孤寂与凄凉。

⑤ 仲宣:即王粲。粲字仲宣,汉末山阳高平(今山东邹县)人,以诗赋见长,是"建安七子"之一。十七岁时,为避董卓之乱,他到荆州依附刘表,因其貌不扬,体弱多病,最终未被重用。在荆州他写了《登楼赋》,赋中抒发了滞留他乡、不受重用、怀念故土的郁悒情怀。易安晚年流离的生活、抑郁的情怀与仲宣相似而"更凄凉",故借古寄怀,表达自己深深的故国之思。

⑥ 随分:即随便。尊前:指在筵席上。尊,同"樽"。

⑦ "莫负"句:浓愁笼罩之下,何以解忧?面对园中盛开的菊花,不妨举杯畅饮,莫要辜负了菊花的美意吧!此处化用陶渊明《饮酒》其五"采菊东篱下,悠然见南山"的诗意。东篱,指菊园。此句紧承上句,乃词人自我宽解之语。但这故作达观的话语背后,隐含的却是词人难以消解的乡愁与孤苦无依的哀伤。

减字木兰花①

卖花担上,买得一枝春欲放②。泪染轻匀,犹带彤霞晓露痕③。　　怕郎猜道,奴面不如花面好④。云鬓斜簪,徒要教郎比并看⑤。

注释

① 减字木兰花:词牌名,原调《木兰花》。《木兰花》本是唐教坊曲,唐代崔令钦列入了《教坊记》曲名,后用作词牌,又称《木兰花令》。最早以《木兰花》调填词的是晚唐五代的韦庄。所谓"减字"者,即《木兰花》调的减体。它从原调的一、三、五、七句中各减去三个字,由五十六字减为四十四字。《减字木兰花》较《木兰花》正体减少了字数,并改为平仄韵互换格。又名《减兰》《木兰香》。词牌中常有"减字""偷声""摊破"的名称,这是因为早期的词都是配合乐曲的歌词,词人由于乐曲节拍的变动而增减字数,由此引起了句法、协韵的变化,从而打破旧体而另成一体。

此词约作于词人新婚燕尔时。李清照与赵明诚志同道合,伉俪情深,词中所体现的就是沉浸于幸福爱情生活中的新妇娇憨可爱的一面,和夫妻之间琴瑟和谐的款款深情。

② 春欲放:含苞待放、生机盎然的鲜花。"欲"字写出花儿饱含生机,也隐喻对婚后生活充满热烈的期待。一枝春,即一枝花。南朝陆凯赠范晔诗:"折梅逢驿使,寄与陇头人。江南无所有,聊赠一枝春。"

③ "泪染"二句:所买的花儿带着清晨晶莹的露珠,娇艳欲滴;且色泽鲜艳,花朵似带着朝霞红彤彤的色彩,分外惹人怜爱。词人婚后生活幸福,所以在词人眼中,万物皆是爱的载体。泪,指形似眼泪的晶莹露珠。

④ "怕郎"二句:写新妇的心理活动,怕丈夫看了花之后犯猜疑,

认为我的容颜不如花漂亮。实际是女子希望得到丈夫全部的爱与关注。郎,古诗词中女子对丈夫的爱称。奴:封建社会青年女子的自称。

⑤ "云鬓"二句:沉浸于新婚幸福之中的女子,调皮地将花朵斜插入发髻,想借助花儿增添自己的美丽,同时又撒娇地问丈夫自己与花儿谁更好看。这一夫妻间极为亲密的生活场景,将女子渴求爱情的心思表露无遗。云鬓,言妇人多而美的鬓发。徒,只,仅仅。比并,并列、一道。

辑评

赵万里云:"案汲古阁未刻本《漱玉词》收之,'染'作'点',词意浅显,亦不似他作。"(赵万里辑《漱玉词》)

王学初云:"按以词意判断真伪,恐不甚妥,兹仍作清照词,不列入存疑词内。"(《李清照集校注》卷一)

瑞鹧鸪

双银杏①

风韵雍容未甚都②。尊前甘橘可为奴③。谁怜流落江湖上,玉骨冰肌未肯枯④。　　谁教并蒂连枝摘，醉后明皇倚太真⑤。居士擘开真有意，要吟风味两家新⑥。

注释

① 瑞鹧鸪：词牌名。此调原本七言律诗，唐时谱入歌词，遂成词调。双调，五十六字，前段四句三平韵，后段四句两平韵。又名《天下乐》《太平乐》《舞东风》《鹧鸪词》等。

　　这是一首咏物词，写于靖康之乱后。金兵南渡，李清照夫妻避难南方，一路颠沛流离，二人互相扶持，患难与共。词人以银杏自喻，托物言志，表达与丈夫不改初衷、惺惺相惜的情怀。银杏，即白果树。春季开花，雌雄异株。雄花成下垂的葇荑花序，雌花二至三个簇生于短枝上，每花具长柄，柄顶二叉，各生一种子，青色。熟时黄色，果肉白色。

② "风韵"句：从风度、韵致而言，银杏并不能称得上优美高雅。风韵，风度、韵味。雍容，姿态优雅大方，从容不迫。都，优美，指人的容貌美好，举止闲雅。《史记·司马相如列传》："相如从车骑，雍容闲雅，甚都。"

③ "尊前"句：但若将银杏与席前的甘橘相比，甘橘树的风韵则比不上银杏，只能称奴。此处巧妙借用甘橘的别名。甘橘，别称木奴，出《三国志·吴志·孙休传》"丹阳太守李衡"下裴松之注引《襄阳记》："(李)衡每欲治家，妻辄不听，后密遣十人于武陵龙阳汜洲上作宅，种甘橘千株。临死，敕儿曰：'汝

母恶我治家,故穷如是。然吾州里有千头木奴,不责汝衣食,岁上一匹绢,亦可足用耳。'"以银杏与甘橘相比,则二者高下立现。作者直抒胸臆,态度鲜明,表达对银杏由衷的喜爱。

④ "谁怜"二句:眼前这对银杏果不知被何人摘下,辗转成为盘中之物。离开了高大繁茂的母体,银杏始终保持洁白圆润之态,不肯枯萎,可是谁会怜惜它流落江湖的遭遇呢?词人借并蒂银杏比拟避难江南的自己与赵明诚,并表达遭遇国难,虽无人理解,然终不改高洁品质、不与时俗合流的志向。玉骨冰肌,赞美银杏树品行如美玉般温润谦和,风骨如寒冰一般的孤高净洁。

⑤ "谁教"二句:言不知何人将并蒂银杏连枝摘下,两颗银杏相依相偎,恰如"在天愿作比翼鸟,在地愿为连理枝"的唐明皇与杨太真。明皇,即唐玄宗。太真,即杨玉环。将并蒂银杏比拟为不愿分离、亲密无间的唐明皇与杨贵妃,正如易安夫妇虽流落异地而两情相依。

⑥ "居士"二句:作者将并蒂银杏果分开,与丈夫各执一颗,各自品味白果的风味是否一样新鲜甜美。居士,作者自号"易安居士"。这两句借用欧阳修《蝶恋花》"莲子中心,自有深深意"的比喻,说自己将白果分开来,自是"有深深意"蕴含其中,白果一分为二,然而风味却一样新(新,谐音心)。这句妙在运用谐音,隐喻自己和丈夫心意相连。两家新,此犹言两样新,两般新。家,与"价"同,犹云这般或那般,这个样儿或那个样儿。

一剪梅①

红藕香残玉簟秋②。轻解罗裳,独上兰舟③。云中谁寄锦书来?雁字回时,月满西楼④。　　花自飘零水自流。一种相思,两处闲愁⑤。此情无计可消除⑥,才下眉头,却上心头⑦。

注释

① 一剪梅:词牌名。又名《腊梅香》《玉簟秋》等。作为词调最早见于北宋周邦彦,是周邦彦的自度曲。此调因周邦彦词起句有"一剪梅花万样娇",乃取前三字为调名。宋人称一枝曰一剪,一剪梅者,即一枝梅也。

　　这首词相传乃易安与明诚结婚不久离别时所作,新婚燕尔,伉俪情深,词人殊不忍别,故而眼前景处处惹相思。上阕从秋日独自泛舟写到明月高照闺楼,此间无时无刻不在思念着心上人,盼望他从远方寄来"锦书"。下阕以花落水流比拟丈夫去后的寥落寂寞,感叹两地相思难以消除,情致委婉而深沉。

② "红藕"句:红色的荷花已经凋谢,香味也渐渐消散。坐在竹席上,阵阵凉意泛起,已是秋天的光景。起笔即塑造出一种凄凉冷清的意境,奠定全词抒情基调。红藕,红色的荷花。玉簟(diàn 电),席子的美称,指竹席光洁如玉。

③ 兰舟:用木兰制成的小船。木兰树因为材质坚硬而又有香味,

所以一直是制作舟船的理想材料。而木兰舟、兰舟也成了诗家对舟的美称。任昉《述异记》：" 浔阳江中，多木兰树……鲁班刻木兰为舟。""独"字表明无人相伴，更添凄凉感。

④ "云中"三句：天空有云彩自在舒卷，深秋时节，大雁南飞，那翩跹的鸿雁是否足缠锦书，替人传情？夜已深，如水的月光倾泻而下，笼罩着独自倚楼凝望的词人。锦书，夫妻之间诉说思念之情的书信。典出《晋书·窦滔妻苏氏传》：前秦秦州刺史窦滔被徙流沙，妻苏蕙思之，织锦为《回文璇玑图》诗寄之，纵横反复，皆成章句。后代遂以"锦书""锦字"代指表达思念的书信。雁字，群雁飞行时，常排列成"一"字或"人"字形，所以称雁字。

⑤ "一种"两句：一样的相思，牵惹两地的离愁。化用古词"一种相思两地愁"，意谓二人彼此思念，心意相通。一种，一样。

⑥ "此情"句：指相思之情，自由生长，任意蔓延，无法消除。

⑦ "才下眉头"两句：微蹙的眉头刚刚舒展，心头又泛起相思。这两句由范仲淹《御街行》"眉间心上，无计相回避"化用而来，而构思更显精巧。

辑评

元·伊世珍云：赵明诚幼时，其父将为择妇，明诚昼寝，梦诵一书，觉来唯忆三句云："言与司合，安上已脱，芝芙草拔"，以告其父。其父为解曰："汝殆得能文词妇也。言与司合，是词字；安上已脱，是女字；芝芙草拔，是之夫二字。非谓汝为词女之夫乎。"后李翁以女妻之,即易安也。果有文章。易安结缡未久,明诚即负笈远游,易安殊不忍别,觅锦帕书《一剪梅》词以送之。(《琅嬛记》卷中)

明·杨慎云:离情欲泪。读此始知高则诚、关汉卿诸人,又是效颦。(杨慎批点本《草堂诗余》卷三)

明·李廷机云:此词颇尽离别之情。语意超逸,令人醒目。(《草堂诗余评林》卷二)

明·王世贞云:孙夫人"闲把绣丝挦,认得金针又倒拈",可谓看朱成碧矣。李易安"此情无计可消除,才下眉头,却上心头",可谓憔悴支离矣。秦少游"安排肠断到黄昏,甫能炙后灯儿了,雨打梨花深闭门",则十二时无间矣。此非深于闺恨者不能也。(《弇州山人词评》)

又云:范希文"都来此事,眉间心上,无计相回避",类易安而小逊之。(《艺苑卮言》)

清·王士禛云:俞仲茅小词云:"轮到相思没处辞,眉间露一丝",视易安"才下眉头,却上心头",可谓此子善盗,然易安亦从范希文"都来此事,眉间心上,无计相回避"语脱胎,李特工耳。(《花草蒙拾》)

清·梁绍壬云:易安《一剪梅》词,起句"红藕香残玉簟秋"七字,便有吞梅嚼雪,不食人间烟火气,其实寻常不经意语也。(《两般秋雨盦随笔》卷三)

清·陈廷焯云:易安佳句,如《一剪梅》起七字云"红藕香残玉簟秋",精秀特绝,真不食人间烟火者。(《白雨斋词话》)

清·况周颐云:玉梅词隐云:易安精研宫律,所作何至出韵,周美成倚声专家,为南北宋关键,其《一剪梅》第四句均不用韵,讵皆出韵耶?窃谓《一剪梅》调当以第四句不用韵一体为最早,晚近作者,好为靡靡之音,徒事和畅,乃添入此叶耳。(《漱玉词笺》)

清·万树云:"月满楼",或作"月满西楼"。不知此调与他词异。如"裳""思""来""除"等字,皆不用韵,原与四段排比者不同。"雁字"句七字,自是古调,何必强其入俗,而添一"西"字以凑八字乎?人若欲填排偶之句,自有别体在也。(《词律》卷九)

醉花阴[①]

薄雾浓云愁永昼[②]。瑞脑消金兽[③]。佳节又重阳[④],玉枕纱厨[⑤],半夜凉初透[⑥]。东篱把酒黄昏后,有暗香盈袖[⑦]。莫道不销魂,帘卷西风,人比黄花瘦[⑧]。

注释

[①] 醉花阴:词牌名。又名《九日》。双调小令,仄韵格,上阕下阕各五句,各三仄韵。五十二字。此词牌初见于北宋毛滂的《东堂词》,词中有"人在翠阴中,欲觅残春,春在屏风曲",故

醉花阴（薄雾浓云愁永昼）

调名取为《醉花阴》。李清照生于北宋后期,稍晚于毛滂。但由于李清照《醉花阴》中有名句"莫道不销魂,帘卷西风,人比黄花瘦",故后人填此调多以《漱玉词》为准。

  词人新婚不久即与丈夫分别,适逢重阳佳节,对爱人的思念尤为强烈,故作此词寄给远方的丈夫,抒发寂寞愁苦之情。结尾以"莫道不销魂,帘卷西风,人比黄花瘦"作喻,尤为传神,词人用西风中摇曳的菊花那纤弱、凄美的形象,描画出一个因相思而形瘦的闺阁美人身影,从而将女子为相思所困扰的痴情形象具象化,创造了一个人景合一的、凄清寂寥的深秋相思意境。

② "薄雾"句:天空阴沉,云雾凝聚,整日的心情都被愁云所笼罩。这句既是天气的描写,又是心情的反映,渲染出一种沉闷抑郁的氛围。永昼,长昼,漫长的白天。以"永昼"比秋日,表现作者独守空闺的度日如年之感。

③ "瑞脑"句:写作者独对香炉,看香料一点点消融的寂寞无聊之况。瑞脑,即龙脑香,香中极品,详见前《浣溪沙》(髻子伤春慵更梳)注。金兽,兽形的铜香炉。

④ 重阳:九月九日为重阳节。王维《九月九日忆山东兄弟》:"独在异乡为异客,每逢佳节倍思亲。"

⑤ 玉枕:指纳凉用的瓷枕,色如碧玉,故称玉枕。纱厨:厨形的纱帐,内置床以避蚊虫。玉枕纱厨,皆昔日与爱人共享之物,如今独居,孤苦无告,目之所及,徒增无限伤感。

⑥ "半夜"句:深秋时节的夜晚,秋风透过纱帐,寒气侵骨。此句

暗示词人独居凄凉、难以成眠。

⑦ "东篱"二句：言词人黄昏后在园中独自赏菊，借酒浇愁，菊花的幽香沾满了衣袖。东篱，语出陶潜《饮酒》诗"采菊东篱下，悠然见南山"，此处泛指园中种菊之处。把酒，端着酒杯，意欲举杯消愁。"有暗香盈袖"，借赏菊烘染词人雅淡如菊的情怀。暗香，幽香。

⑧ "莫道"三句：备受相思之苦的词人愁绪满怀，当西风卷起门帘，看到秋风吹拂着园中清瘦的菊花，词人觉得自己比菊花更为清瘦、更觉凄冷。销魂，形容极度的悲伤、愁苦或极度的欢乐而神思茫然，仿佛魂魄将要离开身体。帘卷西风，是"西风卷帘"的倒文。黄花，指菊花。

辑评

宋·胡仔云："帘卷西风，人比黄花瘦"，此语亦妇人所难到也。(《苕溪渔隐丛话》前集卷六十)

元·伊世珍云：易安以重阳《醉花阴》词函致明诚，明诚叹赏，自愧弗逮，务欲胜之。一切谢客，忘食忘寝者三日夜，得五十阕，杂易安作，以示友人陆德夫。德夫玩之再三，曰："只三句绝佳。"明诚诘之。答曰："莫道不销魂，帘卷西风，人比黄花瘦。"正易安作也。(《琅嬛记》卷中)

明·茅暎云：但知传诵结语，不知妙处全在"莫道不销魂"。(《词的》卷一)

明·沈际飞云：康词"比梅花，瘦几分"，一婉一直，并峙争

衡。(《草堂诗余正集》)

明·王世贞云:康与之"人比梅花瘦几分";又"天还知道,和天也瘦";又"帘卷西风,人比黄花瘦";又"应是绿肥红瘦";又"人共博山烟瘦",字字俱妙。(《艺苑卮言》)

又云:词内"人瘦也,比梅花,瘦几分",又"天还知道,和天也瘦",又"莫道不销魂,帘卷西风,人比黄花瘦",三"瘦"字俱妙。(弇州山人词评)

清·许昂霄云:结句亦从"人与绿杨俱瘦"脱出,但语意较工妙耳。(《词综偶评》)

清·陈廷焯云:无一字不秀雅。深情苦调,元人词曲往往宗之。(《云韶集》卷十)

清·沈祥龙云:写景贵淡远有神,勿堕而奇情;言情贵蕴藉,勿浸而淫亵。"晓风残月""衰草微云",写景之善者也;"红雨飞愁""黄花比瘦",言情之善者也。(《论词随笔》)

清·柴虎臣云:语情则红雨飞愁,黄花比瘦,可谓雅畅。(王又华《古今词论》引)

清·王闿运云:此语若非出女子自写照,则无意致。"比"字各本皆作"似",类书引反不误。(《湘绮楼评词》)

玉楼春①

红酥肯放琼苞碎②。探著南枝开遍未③?不知酝藉几多香,但见包藏无限意④。　　道人憔悴春窗底⑤。闷损阑干愁不倚⑥。要来小酌便来休,未必明朝风不起⑦。

注释

① 玉楼春:词牌名。此调另名《木兰花》《玉楼春令》《西湖曲》等。

这首词,明代陈耀文《花草粹编》题作《红梅》。这是一首咏梅之作,曾被誉为"得此花之神"。据词中表现的词人憔悴忧患的内容看,当写于宋徽宗崇宁前期,当时新旧两党之间竞争激烈。崇宁元年(1102),蔡京任右相,打压政敌,徽宗书党人名单,刻石端礼门。"奸党"此时共约120人,清照父李格非亦列入元祐党籍。朝廷对元祐党人或勒停,或贬远,或羁管。清照曾上诗公爹赵挺之(时任尚书右丞)请救其父。崇宁二年(1103),诏禁元祐党人子弟居京:"宗室下得与元祐奸党子孙及有服亲为婚姻,内已定未过礼者并改正。"据此,清照被遣离京,只得投奔已回原籍的父母。崇宁三年(1104)又重定党籍。合定元祐、元符党人名单刻石朝堂,共309人,格非名在余官第26人。直至崇宁五年(1106)下诏赦天下,才毁《元祐党人碑》,除党人一切之禁。这首词当作于清照被遣离京、随父母归原籍时。词的结尾写道:"要来小酌便来休,未必明朝风不起。"寄寓了词人在党派之争中对未来的担忧。

② "红酥"句:红梅花蕾正在绽放,花儿红润鲜艳,花瓣细腻晶莹。红酥,色泽鲜红而润泽如凝脂。肯,恰。琼苞,梅花的花苞如美玉般莹润。碎,花苞绽裂,花瓣张开。

③ "探著"句:不知道向阳枝条上的梅花有没有全部绽放?南枝,向阳的枝条,此指梅花。朱翌《猗觉寮杂记》卷上:"梅用南枝事,共知《青琐》《红梅》诗云:'南枝向暖北枝寒。'李峤云:'大庾天寒少,南枝独早芳。'"由于朝阳,所以南枝比北枝先开。

④ "不知"二句:言梅花尚未完全绽放,不知含苞待放的梅花中蕴含了多少芳香,只知其中包藏着喷薄欲出的无限春意。酝藉,同蕴藉,含蓄而不显露。原指人的胸襟宽和有涵养,此当作"酝酿"解,与下句的"包藏"意思接近。

⑤ "道人"句:窗外渐有春意,而词人却了无精神,憔闷在窗底不愿出门。道人,指有道术之人。这里是作者自况,即学道之人。憔悴,容颜清瘦,没有神采的样子。

⑥ "闷损"句:正当春日,词人却困顿窗下,愁闷煞人,连阑干都懒得去倚。闷损,犹云闷煞。

⑦ "要来"二句:望着美丽的梅花,词人心里说:"要饮酒便快来吧,说不定明天就会起风,你我都会遭殃。"这两句语带双关,既指风吹梅花会凋落,又指词人正在担忧的政治上的风波,不知前途如何。便来休,张相《诗词曲语辞汇释》卷三:"此犹云快来呵。"休,语助词,犹如"呵"。

辑评

清·朱彝尊云:咏物诗最难工,而梅尤不易。……李易安词:"要来小酌便来休,未必明朝风不起。"皆得此花之神。(《静志居诗话》卷十八)

行香子①

草际鸣蛩。惊落梧桐②。正人间天上愁浓③。云阶月地,关锁千重④。纵浮槎来,浮槎去,不相逢⑤。 星桥鹊驾,经年才见⑥,想离情别恨难穷。牵牛织女⑦,莫是离中。甚霎儿晴,霎儿雨,霎儿风⑧。

注释

① 行香子:词牌名,双调小令,平韵格。

宋徽宗崇宁元年(1102),清照父李格非被列入元祐党籍,遭受蔡京的打击。崇宁二年(1103)四月,清照公爹赵挺之除中书侍郎,明诚亦于是年"出仕宦"。然是年九月有诏禁元祐党人子弟居京,清照亦被遣离京,回原籍投奔父母,与丈夫赵明诚被迫分离。此词大约作于与明诚离别之后。作者采用了托事言情的手法,借牛郎织女的悲剧故事,表达对有情人被迫分离的深切同情。"正人间天上愁浓"一句,则将自己和牵牛织女的处境联系在一起,抒发了词人对丈夫深深的思念。且这番离愁,因着"霎儿晴,霎儿雨,霎儿风"般的社会政治环境,不知何时才能消除,挥之不去的思念与对时局的担忧交织在一起,使得该词深沉含蓄、凄婉动人。

② "草际"二句:荒草之间有蟋蟀在鸣叫,梧桐树的叶子似乎受到惊扰,从枝头纷纷飘落。极具动感的描写拉开了秋天的序幕,也让人真切感受到时光的流逝。蛩(qióng 穷),蟋蟀的别名。

③ "正人间"句:人间、天上都是愁绪最浓之时。此句极妙,从此句下,所写既是牛郎织女,亦是词人与丈夫之间阻隔重重、不得团聚,二者的经历不分彼此,交织前行。

④ "云阶"二句:以云为台阶、以月为大地的天宫宏伟辽阔,却也是重重关卡阻隔、禁闭森严之地。云阶月地,指天宫。杜牧《七夕》诗:"云阶月地一相过,未抵经年别恨多。"

⑤ "纵浮槎(chá 茶)"三句:词人想象着纵有木筏这样的工具,然而天河茫茫,关卡重重,来来回回之间,牵牛织女始终也无法会面。浮槎,古代传说中来往于海上和天河之间的木筏。张华《博物志》卷三:"旧说云:天河与海通,近世有人居海渚者,年年八月,有浮槎去来,不失期。人有奇志,立飞阁于槎上,多赍粮,乘槎而去。十余日中,犹观星月日辰,自后芒芒忽忽,亦不觉昼夜。"

⑥ 星桥鹊驾:即星河上乌鹊架起桥以渡织女。经年:经过一年。

⑦ 牵牛织女:古代传说中的神话人物。宗懔《荆楚岁时记》:"天河之东,有织女,天帝之女也。年年织杼劳役,织成云锦天衣。天帝怜其独处,许嫁河西牵牛郎。嫁后遂废织妊。天帝怒,责令归河东,许一年一度相会。"

⑧ "甚霎儿晴"三句:忽然之间,天气一会儿晴,一会儿雨,一会儿风,莫不是牛郎织女刚相会又要分离吗？词人将牛郎织女分离的原因投射到无法预测的天气变化上,以此影射政治风云的变幻无常,反映出作者内心的波澜以及对此深深的无奈之感。霎(shà厦),一刹那,极短的时间。

辑评

《问蘧庐随笔》云:辛稼轩《三山作》:"放霎时阴,霎时雨,霎时晴",脱胎易安语也。(清·况周颐《漱玉词笺》引)

小重山①

春到长门春草青②。江梅些子破,未开匀③。碧云笼碾玉成尘④。留晓梦,惊破一瓯春⑤。　　花影压重门。疏帘铺淡月⑥,好黄昏。二年三度负东君⑦。归来也,著意过今春⑧。

注释

① 小重山:词牌名。五代花间派词人韦庄、薛昭蕴等始用此调。又名《小冲山》《小重山令》《柳色新》等。

此词当作于宋徽宗崇宁年间。崇宁二年(1103)因其父李格非陷党锢之祸,朝廷诏禁元祐党人子弟居京,词人不得不离开京城,直到崇宁五年(1106)大赦天下才得以返京。其间为党祸松紧所左右,清照时归原籍,时返汴京,一度返京后满心希望与丈夫享受久别后的重逢,然而时过境迁,党祸难免对双方家庭发生一定的影响,给夫妻关系蒙上一层阴影。词的开头直接用了五代词人薛昭蕴同调词的原句。薛昭蕴的《小重山》(春到长门春草青)写宫廷女子春日思君的怨情,故清照这首词很可能是受薛词的启发有感而作。首句即借用"长门"的典故,隐含词人可能遭遇了"长门之怨",从而使词中初春诸般美好的景物笼罩了一层淡淡的愁云,难掩词人从拂晓到黄昏的孤独与寂寞。结句则有强打精神、独自赏春以排解之意。全词抒情手法曲折回环,感情委婉蕴藉。

② "春到"句:直接用五代薛昭蕴宫怨词《小重山》的成句。长门,汉代宫名。汉武帝的陈皇后因妒失宠,遭冷落,别居长门宫,闻司马相如工为文,奉百金为相如、文君取酒,因求解悲愁之词,相如作《长门赋》,以悟武帝。其《长门赋序》云:"孝武皇帝陈皇后,时得幸,颇妒。别在长门宫,愁闷悲思。"词人用"长门"之典,暗喻其回京后愁闷的独居生活。

③ "江梅"二句:早春时节,梅花还没有全部开放,只有少许花儿

小重山(春到长门春草青)

梅蕊初绽。些子,有些。破,开放。匀,谓梅花均匀开遍。

④ "碧云"句:谓取出笼中碧云茶,碾碎的茶末儿如玉石粉末儿一样细腻晶莹。碧云,指茶碧绿的颜色。笼,放茶的器具。"玉成尘",茶饼碾得细如粉尘。宋代的茶是团茶,用时要碾碎。庞元英《文昌杂录》卷四记韩魏公:"不甚喜茶,无精粗,共置一笼,每尽,即取碾。"白居易《游宝称寺》:"茶新碾玉尘。"

⑤ "留晓梦"二句:清晨,词人尚流连回味于梦中之景况,饮过一杯春茶后,才忽然从迷离的梦境中惊醒过来。词人用"惊破"二字表达了对美梦的留恋,是因为只有在梦境中才能与丈夫重逢。瓯,盆盂之类,这里指茶具。

⑥ "花影"二句:描写了春天黄昏时的美丽景色。层层的花影掩映着重重的门户,稀疏的帘幕上透进淡淡的月光,将屋内洒满了朦胧的银辉,宁静而又美好。

⑦ "二年"句:离京两年了,在这第三年的春天,梅花已经是三度开放,一直没有好好地赏花,真是辜负了大好的春光。二年三度,指第一年的春天到第三年的初春,逢春三次。负,辜负。东君,春神,详见前《庆清朝慢》注。此处既指辜负了春天的景致,也指在党祸中夫妻分离,辜负了青春的岁月。

⑧ "归来"二句:意为好不容易回到久别的京城,词人想要用心感受春天的美好,体会团聚的喜悦。然而,她空有一番深情,却无人一同分享,景色的美丽与词人落寞的心境形成了鲜明的对比。此处的"归来也"一语双关,既是庆幸自己的落难归来,也是对丈夫深情的呼唤,希望他能在意自己,一起度过今

年这美好的春天。著意,用心、留意。

辑评

《问蘧庐随笔》云:荆公《桂枝香》作名世,张东泽用易安"疏帘淡月"语填一阕,即改《桂枝香》为《疏帘淡月》。(清·况周颐《漱玉词笺》引)

满庭芳①

小阁藏春,闲窗锁昼,画堂无限深幽②。篆香烧尽③,日影下帘钩④。手种江梅更好,又何必、临水登楼⑤?无人到,寂寥浑似,何逊在扬州⑥。　从来,知韵胜⑦,难堪雨藉,不耐风揉⑧。更谁家横笛,吹动浓愁⑨?　莫恨香消雪减,须信道、扫迹情留⑩。难言处,良宵淡月,疏影尚风流⑪。

注释

① 满庭芳:词牌名。本调系由唐代吴融"满庭芳草易黄昏"和柳宗元"偶此即安居,满庭芳草积"的诗句而得名。周邦彦词又

名《锁阳台》。苏轼词有"江南好,千钟美酒,一曲《满庭芳》"句,吴文英便称之为《江南好》。故另名《江南好》《满庭花》《满庭霜》《锁阳台》等。

　　这首词当作于崇宁四、五年(1105—1106)间,是一首咏梅词,词人将深沉的孤寂之感与思念之情通过对梅之形、梅之韵的描写巧妙传达出来,表现了词人超逸高雅的审美情趣和追求高洁的品格。全词语言清丽,寄意幽深,耐人寻味。

② "小阁"三句:写作者闺阁环境的幽深。小小的房阁,紧闭的门窗,还有深深的画堂,构成了一个寂静无比、色彩暗淡的内室空间,将明媚的春光、漫长的白昼都锁在了窗阁之外。开篇以闺阁之暗淡幽深衬托自己的孤独寂寞。此处"藏"字与"锁"字互文见义。阁,旧时指女子的卧房为闺阁。画堂,原是汉代宫中一殿堂之名,后泛指华丽的堂舍。

③ 篆香:唐宋时将香料做成篆文形状,点其一端,依香上的篆形印记,烧尽计时。据宣州石刻记载:"(宋代)熙宁癸丑岁,时待次梅溪始作百刻香印以准昏晓,又增置午夜香刻如左:福庆香篆,延寿篆香图,长春篆香图,寿征香篆。"故又称百刻香。它将一昼夜划分为一百个刻度,可用作计时器,还有驱蚊等作用,在民间流传很广。秦观《减字木兰花》:"断尽金炉小篆香。""篆香烧尽",说明一整天就在这种落寞中度过了。

④ "日影"句:指黄昏来临,映在门帘上的日影渐渐落下。

⑤ "手种"三句:谓只要欣赏自己手种的江梅就能寄托无限情怀,又何必像陶渊明临水赋诗、王粲登楼作赋那样去抒发悲

愤之情呢？江梅：梅的一种。范成大《梅谱》："江梅，遗核野生，不经栽接者，又名直脚梅，或谓之野梅。凡山间水滨，荒寒清绝之趣，皆此本也。花稍小而疏瘦有韵，香最清，实小而硬。"东晋陶渊明曾临水赋诗，见《归去来兮辞》："登东皋以舒啸，临清流而赋诗。"建安诗人王粲曾登湖北当阳城楼作《登楼赋》。

⑥ "无人到"三句：虽然自己亲手所植之江梅已然开放，然而无人共赏，落得如寂寥的何逊在扬州时独对梅花抒怀一样，让人不禁感慨唏嘘。浑，几乎，全。"何逊"句语出杜甫"东阁官梅动诗兴，还如何逊在扬州"(《和裴迪登蜀州东亭送客逢早梅相忆见寄》)。何逊，南朝梁东海郯人，诗人。徐坚《初学记》卷二十八载何逊《咏早梅》诗："兔园标物序，惊时最是梅。衔霜当路发，映雪拟寒开。枝横却月观，花绕凌风台。朝洒长门泣，夕驻临邛杯。应知早飘落，故逐上春来。"诗中由梅花凌寒独放，联想到长门宫的陈皇后、临邛卓文君等弃妇的命运，借以感伤身世。此处，女词人是说自己此时也像当年的何逊一样，独对梅花，感慨低吟。

⑦ "从来"二句：谓人人都知道梅花的格调高雅芳洁，远胜过别的花。韵胜，指梅花。范成大《梅谱·后序》："梅以韵胜，以格高。"

⑧ "难堪"二句：意为梅花虽有傲寒的风骨，但谁又知道梅花也怕风雨的摧残呢？藉(jí疾)，践踏。揉，摧残。"藉"与"揉"采用互文手法，使得对句中有变化。

⑨"更谁家"二句:更有不知何处吹出《梅花落》的笛曲,牵动人们浓重的愁绪。横笛,指笛曲《梅花落》。汉横吹曲中有《梅花落》,声调哀怨。

⑩"莫恨"二句:这二句是说别再为梅花的凋谢零落而伤心,虽然梅花的幽香会渐渐淡去,花瓣也会如白雪般纷纷落下,但人们要相信,即使它的落花被扫去,其情调品格依然长留人间。这也是词人对梅花尤为欣赏之处。

⑪"难言处"三句:尽管梅花终将飘落,但在这美好的夜晚,在朦胧的月光下,它那疏朗横斜的枝条,清丽超逸的梅影,仍会展示出非凡的韵致与无比的风流,这才是最让人难以言说之处啊。下阕通过对格高韵胜的梅花的赞美与刻画,抒发了词人像梅一样甘于淡泊、超逸高雅的审美追求和不流于世俗、保其高洁的胸怀。良宵,美好的夜晚。风流,风度,风采。

多 丽①

咏白菊

小楼寒,夜长帘幕低垂。恨萧萧、无情风雨,夜来揉损琼肌②。也不似、贵妃醉脸③,也不似、孙寿愁眉④。韩令偷香⑤,徐娘傅粉⑥,莫将比拟未新奇。

细看取、屈平陶令⑦,风韵正相宜⑧。微风起,清芬酝藉,不减酴醾⑨。　　渐秋阑⑩,雪清玉瘦,向人无限依依⑪。似愁凝、汉皋解佩⑫,似泪洒、纨扇题诗⑬。朗月清风,浓烟暗雨,天教憔悴度芳姿⑭。纵爱惜,不知从此,留得几多时⑮?人情好,何须更忆,泽畔东篱⑯。

注释

① 多丽:词牌名。又名《绿头鸭》《鸭绿头》《陇头泉》《跨金鸾》等。《绿头鸭》本为唐教坊曲。入宋,倚旧曲,创新声,《绿头鸭》成了广为流传的琵琶曲名。由于唐代有个善弹琵琶的女子叫多丽,故琵琶曲《绿头鸭》又易名《多丽》。北宋首先用《多丽》曲调填词的是聂冠卿(988—1042),所作《多丽》(想人生)为仄韵体,押入声韵。后晁补之(1053—1110)作《多丽》(新秋近),与聂冠卿词句读格式相同,唯改押平声韵,创为平韵体(见《晁氏琴趣外篇》)。李清照此词为平韵体。

　　这是首咏菊词。菊花以其不畏秋寒、品质高洁的特征,受到历代文人的赞赏。屈原、陶潜等文人爱菊、赏菊,表现了不与世俗合流的高风亮节。清照咏白菊,亦是托物言志,自抒怀抱,在赏花惜花的情感中流露出高洁的人格追求与高尚的情操,并以白菊所遭受的风雨摧残,比喻自己在党锢之祸的动荡时局中遭受的夫妻分离的精神折磨,从而寄希望于

"人情"的美好,像珍惜菊花一样,懂得珍惜眼前的景、身边的情。

② "恨萧萧"二句:可恨那无情风雨,在夜里摧残着如玉的白菊。萧萧,形容风雨声,营造凄凉的气氛。琼肌,玉肌,指菊花如玉般细腻晶莹的花瓣。

③ "也不似"句:说白菊不像杨贵妃酒醉的面容那样富贵娇艳。贵妃,唐玄宗时杨贵妃,小字玉环,貌美惊人,李白曾用牡丹花比喻杨妃的美丽:"一枝红艳露凝香,云雨巫山枉断肠。"其酒醉之后,姿容更娇媚。

④ 孙寿愁眉:孙寿,东汉梁冀之妻,貌美而善为妖态。《后汉书·梁冀传》:"寿色美而善为妖态,作愁眉,啼妆,堕马髻,折腰步,龋齿笑,以为媚惑。"词人以杨贵妃、孙寿两位矫揉造作的反面形象作对比,说白菊与二者皆"不似",以反衬白菊天生丽质、清高素雅的容姿。

⑤ 韩令偷香:韩令,即西晋人韩寿。寿仪表俊美,身体轻捷,曾任贾充(晋武帝时任尚书仆射)的属官。在一次聚会中,贾充之女贾午见韩寿姿容美好,爱上了他,使婢女通情,后韩寿逾墙与贾午私会。贾午以御赐外国贡香赠给韩寿,此香一经沾身,经月不散。贾充闻香生疑,发现了两人的私情,便将女儿嫁给韩寿。(见《世说新语·惑溺》)联系下文,这句是说如果用韩令得到的奇香比喻白菊的香气尚不够新奇。

⑥ 徐娘傅粉:徐娘,南朝梁元帝之妃徐昭佩,因梁元帝一只眼盲,所以只化"半面妆","妃以帝眇一目,每知帝将至,必为半

面妆以俟"。又与元帝臣子暨季江私通。季江常叹曰:"徐娘虽老,犹尚多情。"(见《南史·梁元帝徐妃传》)"韩令""徐娘"二典均为世间少有的奇闻,韩令之香乃奇香,徐娘傅粉以显其肌肤白腻,然皆不足以形容白菊的芳香远播与色泽洁白。因此词人说莫要拿来比拟白菊,因为都不够新奇恰当。

⑦ 屈平:即屈原,名平,字原,战国楚人,有远大的政治理想,却遭谗去职,遂愤而作《离骚》,有言:"朝饮木兰之坠露兮,夕餐秋菊之落英。"以此象征自己高尚纯洁的品格。陶令,即陶渊明,曾任彭泽令,故称"陶令"。陶渊明不满社会黑暗,不愿为五斗米折腰,弃官归隐,其性尤爱菊花。

⑧ "风韵"句:白菊的风韵只有情操高尚的屈原、陶潜之类的人可以匹配,故云"风韵正相宜"。风韵,风度、韵味。

⑨ "微风起"三句:微风吹拂之下,白菊的清香随风远播,丝毫不亚于芳香的荼䕷。酝藉,含蓄而不显露,指白菊的花香清幽而长久。酴醾,也作荼䕷,花名,有香气,供观赏。以其色似酴醾酒,故名。

⑩ 秋阑:深秋时节,秋日将尽。

⑪ "雪清"二句:秋将尽,纯洁清瘦的白菊花渐渐凋零,流露出与人恋恋不舍的愁容。雪清玉瘦,形容白菊像雪一样清纯,像白玉一般瘦劲有风骨。依依,对人依恋、依依不舍的样子。此处为移情写法,实际是词人见白菊凋谢而不舍。

⑫ 汉皋(gāo 高)解佩:据《太平御览》引西汉刘向《列仙传》说,郑交甫于楚地汉皋台下遇二仙女,她们身上佩带着大如鸡蛋

的明珠,交甫请她们赠予,二仙女解与之。既行返顾,二女不见,佩亦失矣。汉皋,山名,即湖北襄阳的万山。此典喻得而复失的惆怅与哀愁。

⑬ 纨(wán 完)扇题诗:指班婕妤写的《怨歌行》。纨扇,即团扇。因用细绢制成,所以叫纨扇。汉成帝即位之初,班氏被选入后宫,颇受宠爱,不久即为婕妤。后来,赵飞燕姊妹宠盛,婕妤失宠,于是求供养太后于长信宫,乃作《怨歌行》:"新裂齐纨素,皎洁如霜雪。裁为合欢扇,团团似明月。出入君怀袖,动摇微风发。常恐秋节至,凉风夺炎热。弃捐箧笥中,恩情中道绝。"以团扇秋凉见弃比喻弃妇的遭遇。以上两个典故都是形容菊花的愁苦之态,内涵丰富。据此可见,清照在党锢之祸后,被迫与丈夫分离,在爱情上亦唯恐先得后失,遭遇"婕妤之叹",故内心充满忧虑,咏菊亦有自叹之意。

⑭ "朗月"三句:自然界中时而清风朗月,时而薄雾浓云、秋雨纷纷,美丽的白菊花怎禁得日月相催,是老天让白菊在日益憔悴中度尽芳姿。词人以白菊自比,以自然界的风云变幻比喻社会时局变动,感慨自己芳年虚度,日益憔悴。

⑮ "纵爱惜"三句:言自己纵然爱惜菊花,但不知从此还能将它留下多少时光。几多,犹言多久。

⑯ "人情好"三句:此处用了屈原行吟泽畔、陶渊明采菊东篱的典故。词人说只要人情好,人人都能够爱护和欣赏菊花,又何须再去追忆、强调屈原和陶渊明的爱菊呢?词人由对菊花的爱怜,想到自己的身世,寄希望于"人情"的美好,希望其他

人(主要指丈夫赵明诚)能不忘旧情,像自己珍惜菊花一样,懂得珍惜眼前的景、身边的情。

辑评

　　清·况周颐云:李易安《多丽·咏白菊》,前段用贵妃、孙寿、韩掾、徐娘、屈平、陶令若干人物,后段雪清玉瘦、汉皋纨扇、朗月清风、浓烟暗雨许多字面,却不嫌堆垛,赖有清气流行耳。"纵爱惜,不知从此,留得几多时"三句最佳,所谓传神阿堵,一笔凌空,通篇皆活。歇拍不妨更用"泽畔东篱"字。昔人评《花间》镂金错绣而无痕迹,余于此阕亦云。(《珠花簃词话》)

凤凰台上忆吹箫①

　　香冷金猊②,被翻红浪③,起来慵自梳头④。任宝奁尘满⑤,日上帘钩。生怕离怀别苦,多少事、欲说还休⑥。新来瘦,非干病酒,不是悲秋⑦。　　休休! 这回去也,千万遍阳关,也则难留⑧。念武陵人远⑨,烟锁秦楼⑩。唯有楼前流水,应念我、终日凝眸⑪。凝眸处,从今又添,一段新愁⑫。

注释

① 凤凰台上忆吹箫：词牌名。又名《忆吹箫》。这个词牌取自萧史与弄玉吹箫引凤的故事。刘向《列仙传》载，春秋时，秦穆公的女儿弄玉与萧史相爱而结婚。萧史善吹箫，每日教弄玉吹箫，箫声似凤鸣，引来了凤凰，秦穆公为他们建凤台而居。一日萧史与弄玉双双随凤凰飞升而去。其居处，人称凤楼或凤凰台。后代文人在诗歌中多有吟咏，唐中宗时宰相李峤所作七律中有"箫声犹绕凤凰台"（《奉和初春幸太平公主南庄应制》）句，后人于此取《凤凰台上忆吹箫》为词牌名。最早用此调作词是北宋晁补之的《凤凰台上忆吹箫》（千里相思），双调，九十七字，前段十句四平韵，后段九句四平韵。此词与唐圭璋编《全宋词》所录多有异文，系流传中的两个版本。

宋徽宗赵佶大观元年（1107），蔡京复相。三月，清照公爹赵挺之罢右仆射，不久去世。因赵挺之生前得罪权奸蔡京，赵明诚也遭蔡京诬陷，被追夺赠官，全家被遣还乡，归居青州。据李清照《金石录后序》记，此后清照曾与赵明诚在青州"屏居乡里十年"。大约在政和七年（1117）前后，赵明诚再度离家，开始为仕途奔波。李清照则依然留在青州老家，夫妻两人有一段较长时间的分离生活。直至宣和三年（1121），赵明诚知莱州（今山东莱州市）时夫妻才得以团聚。这首词写于赵明城离开青州重返仕途之际，作者抒发了与丈夫的离别之苦及别后相思之情。全词写得情真意切，抒情手法委婉曲折，结尾情韵悠长。

凤凰台上忆吹箫（香冷金猊）

② "香冷"句:炉中香消烟冷,无心再焚。金猊(ní 尼),炉盖为狻(suān 酸)猊形的铜香炉。《潜确类书》:"金猊,宝鼎,焚香器也。"狻猊:中国古代神话传说中龙生九子之一,形如狮,喜烟好坐,所以形象一般出现在香炉上,随之吞烟吐雾。香已燃尽,故曰香冷。

③ 被翻红浪:起床后锦被凌乱,不愿折叠,任其呈波浪状堆积在床上。

④ 慵自梳头:懒得梳理头发。《诗经·卫风·伯兮》有"岂无膏沐,谁适为容",意思与此接近,写离别后无心梳妆,心上人不在身边,打扮给谁看呢?

⑤ "任宝奁"句:精致的首饰匣上落满灰尘,懒得擦拭,说明已经很久没有打开它了。宝奁(lián 连):精致的镜匣,梳妆之器。以上几句通过一系列百无聊赖的生活细节,刻画出一位晨起慵懒、满怀幽怨以致无心梳妆的女子形象,展示了词人愁苦、凄凉的内心世界。

⑥ "生怕"二句:点明慵懒的原因,是最怕与爱人离别,空有满腔的离愁别恨,但千言万语不知从何说起,故欲言又止。生怕,最怕。

⑦ "新来瘦"三句:近来日渐消瘦,却不是因为醉酒,也不是因为悲秋。那是因为什么呢?言外之意当然是离愁。词人故意没有说破,而是展示了"欲说还休"的难言情状,将其矛盾、痛苦的心情表现得淋漓尽致。上半阕层层渲染,勾勒出一位痴情女子为爱渐瘦的形象,亦为下文留下悬念。干,由于,关

涉。病酒,即醉酒,因酒而病。

⑧ "千万"二句:词人内心虽有千般不愿,但她深知丈夫的此次远行势在必行,难以留住。阳关,曲名。王维《渭城曲》:"渭城朝雨浥轻尘,客舍青青柳色新。劝君更尽一杯酒,西出阳关无故人。"后来谱入乐府,成为送别曲,人称为《阳关曲》《渭城曲》或《阳关三叠》。千万遍阳关,言其极度不忍离别之意。

⑨ "念武陵"句:用刘晨、阮肇典故,抒发对远去的丈夫的深切牵挂。武陵,郡名,在今湖南常德县一带。陶渊明《桃花源记》记武陵渔人沿着溪水划船进入桃花林,发现了一个与世隔绝的村舍。后人把武陵桃源的传说与刘晨、阮肇的故事相结合。《续齐谐记》载,后汉刘、阮入天台山采药迷路,遇到两位仙女,结成夫妻,后来又思家求归。《北词广正谱》卷三:"有缘千里能相会,刘晨曾误入武陵溪。"此处以武陵人代指作者远行的丈夫赵明诚。

⑩ 烟锁秦楼:弥漫的烟雾将自己居住的妆楼包围,也隔断了词人向远处眺望的视线。秦楼即凤楼,相传秦穆公女弄玉及其爱人萧史在此住过。锁,此处做"隔绝"解。这句用凤楼的典故,既表现了词人对萧史、弄玉和谐、美好爱情的向往,同时又反衬出自己秦楼独守的孤独、凄凉。

⑪ "唯有"三句:刻画自己思念丈夫,终日在楼上满怀痴情凝眸远眺的身影。"终日"写其思念之深切,而此种深切,只有那映照出词人身影的楼前流水能够理解。词人寄情于物,流水

被赋予生命的感知,成为词人思念的见证。念,犹"怜"。凝眸(móu谋),注视,呆看,终日痴痴盼望的情态。至此也将"新来瘦"的原因明白呈现。

⑫ "凝眸处"三句:言与丈夫离别后,词人"终日"深情远望,其结果却总是失望,从今后自然又将添加一段新愁。以不断叠加的"新愁"总束全篇,使"离怀别苦"在结尾达到了高潮。

辑评

明·茅暎云:出语自然,无一字不佳。(《词的》卷四)

明·沈际飞云:懒说出,妙。瘦为甚的?尤妙。"千万遍",痛甚。转转折折,忤合万状。清风朗月,陡化为楚雨巫云;阿阁洞房,立变成离亭别墅,至文也。(《草堂诗余正集》卷三)

明·李廷机云:宛转见离情别意,思致巧成。(《草堂诗余评林》卷三)

明·李攀龙云:(眉批)非病酒,不悲秋,都为苦别瘦。又:水无情于人,人却有情于水。(评语)写出一种临别心神,而新瘦新愁,真如秦女楼头,声声有和鸣之奏。(《草堂诗余隽》卷二)

明·杨慎云:"欲说还休"与"怕伤郎,又还休道"同义。(杨慎评点本《草堂诗余》卷四)

明·陆云龙云:满楮情至语,岂是口头禅。(《词菁》卷二)

明·徐士俊云:亦是林下风,亦是闺中秀。(《古今词统》卷十二)

明·竹溪主人云:雨洗梨花,泪痕有在;风吹柳絮,愁思成

团。易安此词颇似之。(《风韵情词》卷五)

清·王又华云：张祖望曰：词虽小道，第一要辨雅俗。结构天成，而中有艳语、隽语、奇语、豪语、苦语、痴语、没要紧语，如巧匠运斤，毫无痕迹，方为妙手。古词中如……"唯有楼前流水，应念我，终日凝眸"……痴语也。(《古今词论》节录《〈掞天词〉序》)

清·陈廷焯云：此种笔墨，不减耆卿、叔原，而清俊疏朗过之。"新来瘦"三语，婉转曲折，煞是妙绝。笔致绝佳，余韵尤胜。(《云韶集》卷十)

唐圭璋云：此首述别情，哀伤殊甚。起三句，言朝起之懒。"任宝奁"句，言朝起之迟。"生怕"二句，点明离别之苦，疏通上文。"欲说还休"，含凄无限。"新来瘦"三句，申言别苦，较病酒悲秋为尤苦。换头，叹人去难留。"念武陵"四句，叹人去楼空，言水念人，情意极厚。末句，补足上文，余韵更隽永。(《唐宋词简释》)

念奴娇①

萧条庭院，又斜风细雨，重门须闭②。宠柳娇花寒食近③，种种恼人天气④。险韵诗成，扶头酒醒，别是闲滋味⑤。征鸿过尽，万千心事难寄⑥。　　楼上几日春寒,帘垂四面,玉阑干慵倚⑦。被冷香消新梦觉,不许愁人不起⑧。清露晨流,新桐初引,多少游春意⑨。日高烟敛,更看今日晴未⑩?

注释

① 念奴娇:词牌名。调名取自唐玄宗天宝年间著名歌伎念奴。元稹《连昌宫词》自注云:"念奴,天宝中名倡,善歌。"五代后周王仁裕的《开元天宝遗事》载:"念奴者,有姿色,善歌唱,未尝一日离帝左右。"《念奴娇》这个词调虽然得名于唐代歌伎念奴,但最早以此作词的是北宋早期词人沈唐,其《念奴娇》为言情之作,似以念奴喻所恋女子而为调名。苏轼的《念奴娇·赤壁怀古》则开拓了豪放词风。《念奴娇》曲曾以多种乐调演奏,由于作者多,别名亦多,又名《大江东去》《千秋岁》《百字令》《太平欢》《酹江月》等。

　　这首词是春日怀人之作,约写于政和七年(1117)后。清照夫妻屏居青州十年后,赵家人已返回汴京,赵明诚也外出重返仕途。寒食将近,春光明媚,重重庭院中只剩词人独居于此,不免触景伤情,倍感冷清落寞。词中描写了伤春伤别的种种独特感受,用笔细腻曲折,如行云舒卷,开合有致,委婉含蓄。

② "萧条"三句:萧条冷落的庭院中,无人陪伴,偏又吹起一阵微风,飘来细雨,只好把一层层的院门紧紧关闭。开篇描写环

境的冷寂封闭。萧条,寂寞冷落,毫无生气。

③ "宠柳"句:快到寒食节,户外柳绿花红,千娇百媚,似乎在故意惹人娇宠怜爱。寒食,见前《浣溪沙》(淡荡春光寒食天)注。

④ "种种"句:然而正当春天,风雨的天气却让人增添烦恼。此句是对上一句意思的转折。恼人天气,指"斜风细雨"之类的阴冷天气。

⑤ "险韵"三句:词人故意推敲险奇的韵律写成诗篇,喝浓烈易醉的"扶头酒"排遣苦闷,然而诗也作成,酒也饮过,一番闲愁依然笼罩在心头。险韵诗,以韵部很窄的难押之字或生僻不常见的字为韵脚做诗。这也表现出词人作诗技巧的娴熟。扶头酒,醇厚浓烈易使人醉的酒。一说酒名。姚合《答友人招游》诗:"赌棋招敌手,沽酒自扶头。"贺铸《南乡子》:"易醉扶头酒,难逢敌手棋。"

⑥ "征鸿"二句:远飞的大雁已经过尽,可是却寄不尽我心中的千言万语,也无法传递我思念丈夫的万千思绪。征鸿,远飞的大雁。古代有鸿雁传书之说,雁群每年秋季南迁,春日飞回北方,故能为远行之人传带书信。

⑦ "楼上"三句:下片开头遥承上片的院落深深,写楼上环境的幽暗隔绝。连日来初春的天气乍暖还寒,词人将四周帘幕低低垂下,连玉栏杆也懒得凭倚。其实即使尚有春寒,也无须用帘幕四面封闭,可知寒意本来自词人心中。词人自丈夫去后,心绪冷索,甚至不愿倚栏凭眺楼外的大好春光,唯恐触动离情。玉阑干,栏杆的美称。慵,与"懒"义同。

⑧"被冷"二句：写词人独居楼中的凄凉孤寂。锦被清冷，香火消尽，词人从梦中醒来，愁绪缠绕之下无法再入睡。香消，香炉里的香烧完了。新梦觉，刚刚从睡梦中醒来。

⑨"清露"三句：清晨，晶莹的露珠在花叶上流动，梧桐树刚刚长出碧绿的树叶，春光明媚，多少触动了词人游春的意趣，忍不住想到外面赏春。此处用古人成句，刘义庆《世说新语·赏誉》："于时清露晨流，新桐初引。"此句亦传达出词人意欲自我纾解之意。初引，初长。

⑩"日高"二句：太阳升起，晨雾消散，再看看今天是不是一个放晴的好天气吧。敛，收敛。指浓雾散去。未，用法同"否"，表询问。结尾写词人勉力自我宽解。然虽天雨不能游，天晴亦未必真游，下片曲折地铺写出词人浓愁笼罩下的纠结心态。

辑评

宋·黄昇云：前辈尝称易安"绿肥红瘦"为佳句，余谓此篇"宠柳娇花"之语，亦甚奇俊，前此未有能道之者。（《花庵词选》）

明·杨慎云：情景兼至，名媛中自是第一。（评"被冷香消"二句）绝似六朝。（杨慎批点本《草堂诗余》卷四）

明·沈际飞云：真声也。不效颦于汉魏，不学步于盛唐，应情而发，能通于人。（《草堂诗余正集》卷四）

又云："宠柳娇花"，又是易安奇句。后人窃其影，似犹惊目。（《草堂诗余正集》卷四）

明·王世贞云："宠柳娇花"，新丽之甚。（《弇州山人词评》）

明·李攀龙云：上是心事，难以言传；下是新梦，可以意会。(《草堂诗余隽》)

明·陆云龙云：("不许愁人不起")苦境,亦实境。(《词菁》)

明·吴从先云：心事有万千,岂征鸿可寄？新梦,不知梦何事？(《草堂诗余隽》)

又云：心事托之新梦,言有寄而情无方,玩之自有意味。(同上)

清·毛先舒云：李易安《春情》："清露晨流,新桐初引。"用《世说》全句,浑妙。尝论:词贵开宕,不欲沾滞,忽悲忽喜,乍远乍近,斯为妙耳。如游乐词须微著愁思,方不痴肥;李《春情》词,本闺怨,结云"多少游春意""更看今日晴未",忽尔开拓,不但不为题束,并不为本意所苦,直如行云,舒卷自如,人不觉耳。(《诗辨坻》卷四)

清·黄苏云：只写心绪落寞,近寒食更难遣耳,陡然而起,便尔深邃；至前段云"重门须闭",后段云"不许不起",一开一合,情各戛戛生新。起处雨,结句晴,局法浑成。(《蓼园词选》)

清·陈廷焯云："宠柳娇花"之句,黄叔旸叹谓前此未有能道之者。此语殊病纤巧,黄氏赏之亦谬。宋人论词,且多左道,何怪后世纷纷哉？(《白雨斋词话》)

清·沈祥龙云：用成语,贵浑成脱化,如出诸己。……李易安"清露晨流,新桐初引",用《世说新语》,更觉自然。(《论词随笔》)

清·彭孙遹云：李易安"被冷香消新梦觉,不许愁人不起""守著窗儿,独自怎生得黑",皆用浅俗之语,发清新之思,词意并

工,闺情绝调。(《金粟词话》)

清·许昂霄云:此词造语,固为奇俊,然未免有句无章。旧人不加评驳,殆以妇人而恕之耶?(《词综偶评》)

清·王士禛云:前辈谓史梅溪之句法,吴梦窗之字面,固是确论,尤须雕绘而不失天然。如"绿肥红瘦""宠柳娇花",人工天巧,可称绝唱。(《花草蒙拾》)

清·沈雄云:李易安"被冷香消新梦觉,不许愁人不起",又"如今憔悴,风鬟霜鬓,怕见夜间出去",杨用修以其寻常语度入音律,殊为自然……易安之"清露晨流,新桐初引",全用《世说》。若在稼轩,诸子百家,行间笔下,驱斥如意矣。(《古今词话·词品》卷下)

清·李继昌云:作词须用词眼,如潘元质之"燕娇莺姹",李易安之"绿肥红瘦""宠柳娇花",梦窗之"醉云醒月",碧山之"挑云研雪",梅溪之"柳昏花暝",竹屋之"玉娇香怨"。(《左庵词话》)

清·张德瀛云:李易安《百字令》词用《世说》,亭然以奇,别出机杼。(《词徵》)

声声慢①

寻寻觅觅,冷冷清清,凄凄惨惨戚戚②。乍暖还寒时候,最难将息③。三杯两盏淡酒,怎敌他、晚来风急④。雁过也,正伤心,却是旧时相识⑤。　　满地黄花堆积。憔悴损,如今有谁堪摘⑥。守着窗儿,独自怎生得黑⑦?梧桐更兼细雨,到黄昏、点点滴滴⑧。这次第,怎一个愁字了得⑨。

注释

① 声声慢:词牌名。又名《胜胜慢》《凤求凰》《人在楼上》等。有平韵、仄韵两体,这一首是仄韵体。此调最早见于北宋晁补之,词名《胜胜慢》,其题序云"家妓荣奴既出有感",说明是为他的家妓荣奴离去所作的曲词。慢,就是慢词,其名称从"慢曲子"而来,指依慢曲所填写的调长拍缓的词。慢词并不自宋始,唐代已有很多慢词。它一部分是从大曲、法曲里截取出来的,一部分则来自民间。敦煌发现的唐代琵琶乐谱,往往在一个调名之内有急曲子又有慢曲子。慢与急是按照乐曲的节奏来区别的。慢曲子大部分是长调,这是因为它声调延长,字句也就跟着加长。毛先舒《填词名解》卷三说:"词以慢名者,慢曲也。拖音袅娜,不欲辄尽。"晁补之词名《胜胜慢》,后之词人又写作《声声慢》。

靖康之难(1127)后,李清照遭遇了国破、夫死、家亡等一系列不幸,此词作于赵明诚故后,为词人后期代表作。全词将叙事、写景、抒情熔为一炉,运用铺叙手法,将日常生活中

声声慢（寻寻觅觅）

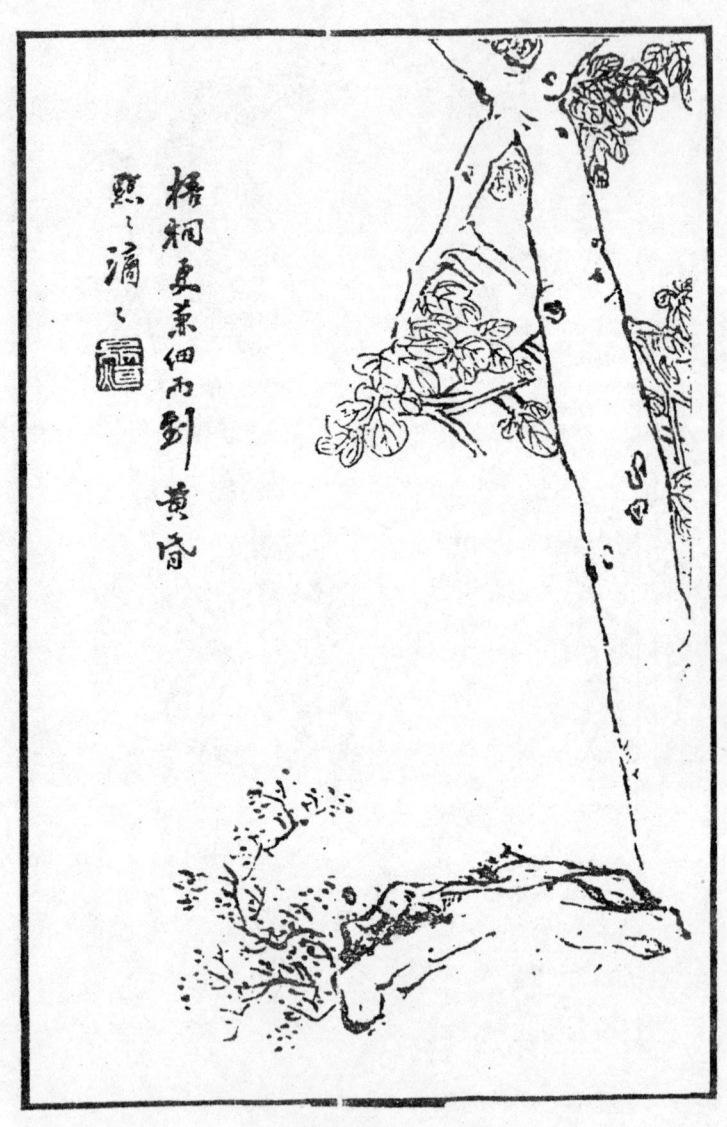

声声慢（寻寻觅觅）

的所见所感集中起来进行艺术的概括,写尽了作者家破人亡后的孤苦悲愁,也曲折地反映出忧时伤乱的爱国情绪。梁启超评曰:"这词是写从早到晚一天的实感,那种苍独凄惶的景况,非本人不能领略;所以一字一泪,都是咬着牙根咽下。"(《中国韵文里头所表现的情感》)而其语言朴素清新,叠字的运用更是极富创造性,备受前人好评。

② "寻寻"三句:开篇连用十四个叠字,意思互有关联而又有递进。寻寻觅觅写追寻求索、若有所失的神态,在孤独无望中,词人努力寻找点什么来填补空虚、排解寂寞,然而寻觅的结果却是"冷冷清清",看到的只是环境的清冷和个人的孤寂。接下来的"凄凄惨惨戚戚",则是由冷清引发的深层的内心感受,写出了词人极度凄凉、惨淡与哀愁的情绪。戚戚,忧愁、悲哀的样子。开头三句,由浅入深,总述自己愁苦无告的凄凉心境,奠定了全篇的抒情主调。

③ "乍暖"二句:写气候不佳,冷暖不定,难以保养调理。人在精神不佳时对外界的变化越发敏感,故词人在凄凉痛苦中,又遇上忽冷忽热的天气,就更加难以适应。乍暖还(xuán旋)寒,忽暖忽冷。乍,骤然,刚刚。还,同"旋",一会儿,立即。将息,保养,将养调理。既指身体的保养,也指内心伤痛的恢复。

④ "三杯"二句:傍晚时分,晚风迅疾,词人借酒解愁。表面是说杯浅酒淡,实际上是以酒淡反衬愁深,以"三杯两盏"强调饮再多的酒也未能排解内心的愁苦。淡酒,酒味淡薄的酒。敌,抵挡。

⑤ "雁过也"三句:当词人借酒消愁之际,一群北来的大雁正从头顶飞过。看到大雁,词人仿佛看到了旧时相识(雁从北国家乡飞来),更加勾起深深的乡国之思与天涯沦落之感。却是,正是。

⑥ "满地"三句:过片由上片末仰望大雁,转写低头俯视菊花。秋风中,满地黄花凋落堆积,一片凄凉景象。菊花早已枯萎凋谢,如今还有谁愿意采摘插戴呢?堪,能。此处暗含比兴,菊花萧条残败的形象,正像形容憔悴的词人一样,无人怜惜,晚景凄凉。

⑦ "守着"二句:写词人独自枯坐窗前的愁苦形象。她看着眼前萧瑟的秋景,大有度日如年之感,不知何时才能捱到天黑。生,语助词。

⑧ "梧桐"二句:黄昏时分,细雨敲打着梧桐,点点滴滴仿佛都落在词人心头,激起无数凄苦的涟漪。

⑨ "这次第"二句:此情此景,一个愁字怎么能概括得尽!这次第,张相《诗词曲语辞汇释》卷四:"这次第,犹云这情形或这光景也。"结尾是词人内心痛苦的总爆发,"这次第"总括了上述种种情景,词人本来正忍受国破、家亡、夫死的打击,如今又面对黄花遍地、秋风秋雨,百感交集、痛苦难抑,真是怎一个愁字能包容得了呢!

辑评

宋·张端义云:炼句精巧则易,平淡入调者难。且秋词《声声慢》"寻寻觅觅,冷冷清清,凄凄惨惨戚戚",此乃公孙大娘舞剑手。本朝非无能词之士,未曾有一下十四叠字者,用《文选》诸赋格。后叠又云"梧桐更兼细雨,到黄昏,点点滴滴",又使叠字,俱无斧凿痕。更有一奇字云:"守著窗儿,独自怎生得黑?""黑"字不许第二人押。妇人中有此文笔,殆间气也。(《贵耳集》卷上)

宋·罗大经云:起头连叠七字,以一妇人,乃能创意出奇如此。(《鹤林玉露》)

明·茅暎云:连用十四叠字,后又四叠字,情景婉绝,真是绝唱。后人效颦,便觉不妥。(《词的》卷四)

明·杨慎云:宋人中填词,李易安亦称冠绝,使在衣冠,当与秦七、黄九争雄,不独雄于闺阁也。其词名《漱玉集》,寻之未得。《声声慢》一词,最为婉妙。……山谷所谓以故为新、以俗为雅者,易安先得之矣。(《词品》卷二)

明·吴承恩云:易安此词首起十四叠字,超然笔墨蹊径之外。岂特闺帏,士林中不多见也。(《花草新编》卷四)

清·刘体仁云:周美成不止不能作情语,其体雅正,无旁见侧出之妙。柳七最尖颖,时有俳狎,故子瞻以是呵少游,若山谷亦不免,如"我不合太捃就"类,下此则蒜酪体也。唯易安居士"最难将息""怎一个愁字了得",深妙稳雅,不落蒜酪,亦不落绝句,真此道本色当行第一人也。(《七颂堂词绎》)

清·万树云:从来此体,皆收易安所作,盖其遒逸之气,如生龙活虎,非描塑可拟。其用字奇横而不妨音律,故卓绝千古,人若不学其才而故学其笔,则未免类狗矣。观其用上声、入声,如

"惨"字、"戚"字、"盏"字、"点"字、"滴"字等,原可作平,故能谐协,非可泛用仄字而以去声填入也。其前结"正伤心,却是旧时相识",于"心"字逗句,然于上五下四者,原不拗,所谓此九字一气贯下也。后段第二、三句"憔悴损,如今有谁堪摘",句法亦然。(《词律》卷十)

清·徐釚云:首句连下十四个叠字,真似大珠小珠落玉盘也。(《词苑丛谈》卷三)

清·周济云:双声叠韵字,要著意布置,有宜双不宜叠,宜叠不宜双处。重字则既双且叠,尤宜斟酌。如李易安之"凄凄惨惨戚戚",三叠韵,六双声,是锻炼出来,非偶然拈得也。(《介存斋词选序论》)

清·许昂霄云:易安此词,颇带伧气,而昔人极口称之,殆不可解。(《词综偶评》)

清·陈廷焯云:易安《声声慢》一阕,连下十四叠字,张正夫叹为公孙大娘舞剑手。且谓本朝非无能词之士,未曾有一下十四叠字者。然此不过奇笔耳,并非高调。张氏赏之,所见亦浅。又"宠柳娇花"之句,黄叔旸叹为前此未有能道之者,此语殊病纤巧,黄氏赏之亦谬。宋人论词,且多左道,何怪后世纷纷哉!(《白雨斋词话》卷二)

又云:叠字体,后人效之者甚多,且有增至二十余叠者。才气虽佳,终著痕迹,视易安风格远矣。"黑"字警。后幅一片神行,愈唱愈妙。(《云韶集》卷十)

清·陆莹云:叠字之法最古,义山尤喜用之。然如《菊》诗

"暗暗淡淡紫,融融冶冶黄",转成笑柄。宋人中易安居士善用此法。其《声声慢》一词,顿挫凄绝。词曰:"寻寻觅觅,冷冷清清,凄凄惨惨戚戚。乍暖还寒时候,最难将息。"又云:"梧桐更兼细雨,到黄昏点点滴滴。"二阕共十余个叠字,而气机流动,前无古人,后无来者,可谓词家叠字之法。(《问花楼词话·叠字》)

清·沈雄云:"守著窗儿,独自怎生得黑?梧桐更兼细雨,到黄昏,点点滴滴",正词家所谓"以易为险,以故为新"者,易安先得之矣。(《古今词话》)

清·孙致弥云:须戒重叠。字面前后相犯,虽绝妙好词,毕竟不妥,万不得已用之。如李易安《声声慢》,叠用三"怎"字,虽曰读者全然不觉,究竟敲打出来,终成白璧微瑕,况未能尽如易安之善运用。慎之是也。(《词鹄·凡例》)

清·孙原湘云:易安居士,千古绝调,当是德父亡后,无聊凄怨之作。(评张寿林辑本《漱玉词·声声慢》)

清·周之琦云:……其"寻寻觅觅"一首,《鹤林玉露》及《贵耳集》皆盛称之,惟海盐许蒿庐谓其颇带伧气,可谓知言。(《晚香室词录》卷七)

清·陆昶云:……其《声声慢》一阕,张正夫称为公孙大娘舞剑器手,以其连下十四叠字也。此却不是难处,因调名《声声慢》,而刻意播弄之耳。其佳处,后又下"点点滴滴",叠四字,与前照应有法,不是单单落句。玩其笔力,本自矫拔,词家少有,庶几苏、辛之亚。(《历朝名媛诗词》卷十一)

清·梁绍壬云:诗有一句三叠字者,吴融《秋树》诗"一声南雁已先红,械械凄凄叶叶同"是也。有一句连三字者,刘驾诗"树树树梢啼晓莺""夜夜夜深闻子规"是也。有两句连三字者,白乐天诗"新诗三十轴,轴轴金石声"是也。有一句四叠字者,古诗"行行重行行"、《木兰诗》"唧唧复唧唧"是也。有两句互叠字者,"年年岁岁花常发,岁岁年年人不同"是也。有三联叠字者,古诗"青青河畔草"六句是也。有七联叠字者,昌黎《南上》诗"延延离又属"十四句是也。至李易安词"寻寻觅觅,冷冷清清,凄凄惨惨戚戚",连下十四叠句,则出奇制胜,匪夷所思矣。(《两般秋雨庵随笔》卷二)

清·陆以湉云:李易安《声声慢》词:"寻寻觅觅,冷冷清清,凄凄惨惨戚戚。"连叠七字,昔人称其造句新警。其源盖出于《尔雅·释训篇》……此千古创格,亦绝世奇文也。(《冷庐杂识》卷五)

又:李易安词"寻寻觅觅,冷冷清清,凄凄惨惨戚戚",乔梦符效之,作《天净沙》词云:"莺莺燕燕春春,花花柳柳真真,事事风风韵韵,娇娇嫩嫩,停停当当人人。"叠字又增其半,然不若李之自然妥帖。大抵前人杰出之作,后人学之,鲜有能并美者。(《冷庐杂识》卷六)

清·王闿运云:亦是女郎语。诸家赏其七叠,亦以初见故新,效之则可欧。"黑"韵却新,再添何字?(《湘绮楼词选》前编)

清·王又华云:晚唐诗人,好用叠字语,义山尤甚,殊不见佳。如"回肠九叠后,犹有剩回肠""地宽楼已迥,人更迥于楼""行到巴西觅谯秀,巴西唯是有寒芜"。至于三叠者,"望喜楼中忆阆州,若到阆州还赴海;阆州应更有高楼"之类。又如《菊》诗"暗暗淡淡紫,融融冶冶黄",亦不佳。李清照《声声慢》"秋情"词,起法似本乎此,乃有出蓝之奇。盖此等语自宜于填词家耳。(《古今词论》)

　　清·毛稚黄云:《秦楼月》,仄韵调也,孙夫人以平声作之;《声声慢》,平韵调也,李易安以仄声作之。岂二调原皆可平可仄?抑二妇故欲见别逞奇,实非法邪?然此二词,乃更俱称绝唱者,又何也?(《古今词论》引)

蝶恋花①

　　暖雨晴风初破冻②。柳眼梅腮,已觉春心动③。酒意诗情谁与共?泪融残粉花钿重④。　　乍试夹衫金缕缝⑤。山枕斜欹,枕损钗头凤⑥。独抱浓愁无好梦,夜阑犹剪灯花弄⑦。

注释

① 蝶恋花:词牌名。原唐代教坊曲,用作词调。本名《鹊踏枝》,由晏殊改今名,采自梁简文帝萧纲《东飞伯劳歌》"翻阶蛱蝶恋花情"句为调名。故《钦定词谱》卷十三《蝶恋花》下云:"本

名《鹊踏枝》,宋晏殊词改今名。"又名《黄金缕》《卷珠帘》《鱼水同欢》《凤栖梧》《一箩金》等。

  这首词作于屏居青州十年后,赵明诚因出仕与作者暂别。时值春日,词人思念丈夫,伤春伤别,自抒离情。上片描写春景,鲜明生动,处处春色撩人,反衬出无人共赏下的寂寞难耐、无比伤感。下片通过试穿春衣、山枕斜攲、剪弄灯花三个生活场景,揭示词人在离愁笼罩下的内心世界,她无时无刻不在思念着丈夫,盼望丈夫早日归来。一个多情而又寂寞、充满希望却又无可奈何的思妇形象跃然纸上。

② "暖雨"句:伴着和煦的春风,丝丝春雨飘落,温暖地滋润着万物,大地刚刚解冻,春天已来到人间。

③ "柳眼"二句:初春时节,雨暖风轻,柳萌梅绽,春意渐次铺开,也触动了少妇怀春思人的心事。柳眼,初生的柳叶细长,如美人睡眼初展。梅腮,言梅花红色的花瓣渐渐绽开,露出娇嫩的粉红色,好似美人的腮红。春心动,一语双关,既指万物萌动,大自然一派生机勃勃,又指词人因春景而触发的情愫。

④ "酒意"二句:言面对大好春光,却无人与自己诗酒唱和、共赏美景,无限孤寂之中,不觉潸然泪下。由此可见,李清照与赵明诚伉俪情深,主要在于志趣相投,二人在精神上引为知己。而此刻缺少了赏春品酒、诗词唱和的精神伴侣,作者异常苦闷,暗自垂泪,以致泪水冲花了脸上的脂粉,头上的首饰也歪在一边。花钿,用金银做成的花形首饰。

⑤ "乍试"句:百无聊赖中,不妨试穿一下金线缝成的春日的夹衫。乍,刚刚。金缕,金线。指用金线缝制的衣服,言服饰之精美。

⑥ "山枕"二句:女为悦己者容,词人试穿漂亮的衣服,然而爱人不在身边,顿时了无情绪,默默地斜靠到枕边。头上的发钗也埋入枕中。山枕,两端突起如山、形如凹字的枕头。敧,本读 qī(期),此处读 yǐ(椅),古通"倚",斜靠着。钗头凤,凤凰形的首饰,古代妇人头上的装饰物。

⑦ "独抱"二句:夜已深,词人愁绪缠绕,独自承受着思念的煎熬,无法入睡,只好剪弄灯花度过漫漫长夜。夜阑,夜深。灯花,灯芯的灰烬结成花形。相传灯花是喜事的征兆,词人故以"剪""弄"灯花的动作展示内心的隐情,含蓄地传达出盼望丈夫早日归来的心愿。

辑评

明·徐士俊云:此媛手不愁无香韵。　近言远,小言至。(卓人月《古今词统》卷九)

清·贺裳云:写景之工者,如尹鹗"尽日醉寻春,归来月满身",李重光"酒恶时拈花蕊嗅",李易安"独抱浓愁无好梦,夜阑犹剪灯花弄",刘潜夫"贪与萧郎眉语,不知舞错伊州",皆入神之句。(《皱水轩词筌》)

蝶恋花①

泪湿罗衣脂粉满。四叠阳关,唱到千千遍②。人道山长山又断,萧萧微雨闻孤馆③。　　惜别伤离方寸乱。忘了临行,酒盏深和浅④。好把音书凭过雁,东莱不似蓬莱远⑤。

注释

① 这首词一本题作《晚止昌乐馆寄姊妹》,当是清照宣和三年(1121)八月由青州至莱州探夫途中,路过山东昌乐县时在驿馆中寄语姊妹之作。据张耒《李格非墓志铭》,清照乃李格非长女,在《金石录后序》中清照言其"有弟",并无姊妹,故此词所寄或其堂姊妹,抑或其夫之姊妹(赵明诚有姊妹四人)。

② "泪湿"三句:回顾离家时,与家乡姊妹分别时极其难舍难分。当时惜别的眼泪打湿了衣衫,脸上的脂粉随着泪水落下,沾满了罗衣,送别的《阳关曲》也已唱了无数遍。四叠阳关,阳关,曲名。王维《送元二使安西》:"渭城朝雨浥轻尘,客舍青青柳色新。劝君更尽一杯酒,西出阳关无故人。"后来歌入乐府,又名《阳关曲》《渭城曲》,成为送别之曲。苏轼《东坡志林》卷七云:"旧传《阳关三叠》,然今世歌者,每句再叠而已。通一首言之,又是四叠。皆非是。或每句三唱,以应三叠之说,则丛然不复节奏。余在密州,有文勋长官以事至密,自云

得古本《阳关》,其声宛转凄断,不类向之所闻。每句皆再唱,而第一句不叠。乃知唐本三叠盖如此。及在黄州,偶读乐天《对酒》诗云:'相逢且莫推辞醉,新唱阳关第四声'。注:'第四声,劝君更尽一杯酒。'以此验之,若第一句再叠,则此句为第五声矣。今为第四声,则第一句不叠,审矣。"(此说又见胡仔《苕溪渔隐丛话》前集卷二十四及胡震亨《唐音癸签》卷十五所引)据苏轼所言,宋朝的演唱者,只是把每句再叠而已。若是就整首而言,则又是四叠。苏轼认为宋人的唱法不对,古本的《阳关曲》,除了第一句不叠,每句皆再唱,故称《阳关三叠》。清照词中的四叠阳关,当指宋人"每句再叠"的歌法。

③ "人道"二句:此去莱州,一路上群山连绵起伏,愈行愈远。词人独宿在异乡馆驿,听着窗外传来萧萧的雨声,感到无限孤寂凄凉。山长山又断,指山势连绵起伏。萧萧,象声词,下小雨的声音。

④ "惜别"三句:回忆当时临行之际,感伤离别,只觉得心乱如麻;现在回想起来,竟忘了和姊妹们怎样喝的送别酒,连杯中的酒是深是浅,也全然不知。方寸乱,言离别在即,心绪已乱。方寸,即人心。

⑤ "好把"二句:词人殷勤寄语姊妹,今后只能凭借鸿雁来传递音信了。东莱不似缥缈的蓬莱,尚有鸿雁可帮助我们传书。结尾希望姊妹时寄书信,以慰离思。古代有凭雁足传书的故事。汉武帝时,苏武被留于匈奴中十九年,及昭帝立,匈奴与汉和亲,仍留武等不遣,诡言已死。汉使者知之,谓单于曰:

"天子射上林中,得雁,足有系帛书,言武在某泽中。'单于乃归武等。"(《汉书·苏武传》)东莱:郡名,即莱州(今山东莱州市),时赵明诚守莱州。蓬莱:神话中渤海里神仙居住的山,缥缈不知具体所在。

辑评

黄墨谷云:《蝶恋花》(泪湿罗衣脂粉满)是一首开阖纵横的小令,王维的"劝君更尽一杯酒,西出阳关无故人",到了她的笔下变成"四叠阳关,唱到千千遍"的激情,极夸张,却极亲切真挚。通首写惜别心情是一层比一层深入,但煞拍"好把音书凭过雁,东莱不似蓬莱远",出人意外地而作宽解语,能放能淡。所谓善言情者不尽情。令词能够运用这种变幻莫测的笔法是很不容易的。(《重辑李清照集·李清照评论》)

蝶恋花[①]

上巳召亲族

永夜恹恹欢意少[②]。空梦长安,认取长安道[③]。为报今年春色好,花光月影宜相照。　　随意杯盘虽草草。酒美梅酸,恰称人怀抱[④]。醉里插花花莫笑⑤,可怜春似人将老⑥。

注释

① 这首词写于北宋灭亡后。宋徽宗第九子康王赵构即位于南京(今河南商丘)应天府,改元建炎,史称南宋。建炎元年(1127)七月,赵明诚曾膺任江宁知府,建炎二年春,清照携文物赴江宁。《花草粹编》卷七此词题下有"上巳召亲族"五字,故此词当作于建炎三年上巳节,是阴历三月三日在江宁宴会亲族时所作。赵构即位后,不思收复失地,而是奉行投降主义,一路南逃,致使北方大好河山沦落于敌手。在这种时代背景下,李清照写了这首词,表达了词人对故国深深的怀念之情。

② 永夜:即漫漫长夜。恹恹:精神萎靡困顿的样子。

③ "空梦"二句:词人只有在梦中才可以回到日夜思念的故都,仔细辨认熟悉无比的街巷。长安,即今西安,为汉、唐首都所在地。此处代指北宋首都汴梁。

④ "随意"三句:言节日的宴席很简便,虽然菜不丰盛,但有了美酒与酸梅,简单的酒食倒很合人的胃口,因为这与时下国土沦丧后辛酸的怀抱是相称的。杯盘,指酒食。草草,简单不丰盛的意思。王安石《示长安君》:"草草杯盘供笑语,昏昏灯火话平生。"梅酸,古人用酸梅解酒。

⑤ 插花:插花是北宋洛阳人的习惯。欧阳修《洛阳牡丹记·风俗记第三》:"洛阳之俗,大抵好花。春时城中无贵贱皆插花,虽负担者亦然。"北宋灭亡后,词人逃到南方,一插花就会引

起故国之思。苏轼《吉祥寺赏牡丹》诗："人老簪花不自羞,花应羞上老人头。"所以,词人说如果醉中习惯性地在头上插花,花儿也不要笑话我人老还要插花,因为故国的情思是无时不在心头啊。
⑥ "可怜"句:可怜春天也像人衰老一样就要进入暮春了。此句语义双关,既指人到暮年、春天将逝所引发的伤感,又以自然暗喻国家情势。"春将老",暗示风雨飘摇的南宋时局正日益走向衰微。

临江仙① 并序

欧阳公作《蝶恋花》②,有"庭院深深深几许"之句。予酷爱之,用其语作"庭院深深"数阕,其声即旧《临江仙》也。

庭院深深深几许③? 云窗雾阁常扃④。柳梢梅萼渐分明⑤。春归秣陵树,人老建康城⑥。 感月吟风多少事,如今老去无成⑦。谁怜憔悴更凋零⑧。试灯无意思,踏雪没心情⑨。

注释

① 临江仙:词牌名。原为唐玄宗时的教坊曲,用作词调。又名

临江仙（庭院深深深几许）

《谢新恩》《画屏春》《庭院深深》《鸳鸯梦》等。据《钦定词谱》引黄昇《花庵词选》云:"唐词多缘题所赋,《临江仙》之言水仙,亦其一也。"现存敦煌曲两首,任二北《敦煌曲校录》定名《临江仙》,王重民《敦煌曲子词集》亦作《临江仙》。任二北据敦煌词有句云"岸阔临江底见沙",谓辞意涉及临江。可知本调之创,本咏水仙,其后词人依调填词,乃有泛咏。任半塘(即任二北)《教坊记笺订》说:"敦煌曲辞意涉及'临江',不及'仙'。五代《临江仙》之词几乎首首咏'仙',全为艳情之曲。"

宋建炎二年(1128)春,清照携《赵氏神妙帖》等文物,历经艰难抵达建康(今江苏省南京市)。此词当作于南渡之后,时清照45岁。虽当早春,然国难当头,远离故土,故词人心灰意冷,无心赏春,自行幽闭于深深庭院之中。词中充满了飘零之感与家国之恨,以及感慨年华老去的无能为力,词风凄怆悲凉。

② 欧阳公:即欧阳修,自号醉翁,又号六一居士,是北宋文坛公认的领袖,在散文、诗、词各方面都卓有成就,有《欧阳文忠公集》。其《蝶恋花》云:"庭院深深深几许?杨柳堆烟,帘幕无重数。玉勒雕鞍游冶处,楼高不见章台路。　雨横风狂三月暮,门掩黄昏,无计留春住。泪眼问花花不语,乱红飞过秋千去。"

③ "庭院"句:用欧阳修词的成句。几许,多少。

④ "云窗"句:深深的庭院中,云雾缭绕着楼阁,门窗常常紧闭。云窗雾阁,被云雾环绕的门窗。扃(jiōng),从外面关门的门

环、门闩等。《说文解字》:"扃,外闭之关也。"此处谓门窗关闭。深深庭院本已有与世隔绝之感,词人将门窗关闭,将渐浓的春意也挡在了门外,沉闷幽闭的气氛更加凝重。

⑤"柳梢"句:柳梢吐绿,梅萼泛青,春天的色彩越来越鲜明。梅萼,梅花未开时,环列在花的最外面有一轮叶状薄片,以保护花瓣,一般呈绿色。词人善于捕捉极富特点的景物,刻画出早春的气象,然而这一切却被素来热爱大自然的词人关在了窗外。

⑥"春归"二句:春天又一次来到了秣陵城,因国难而滞留此地的词人却只能空等年岁老去,返回故国的期望又一次的落空了。秣陵、建康,古地名,均指今江苏南京。战国时楚威王因其地有王气,埋金镇之,名曰金陵,秦时改为秣陵。三国时吴王孙权迁都于此,改名建业,后又称建邺。西晋建兴元年(313),为避愍帝司马邺讳,改名建康。此处词人用同一地名不同时期的称呼,使得行文富有变化。

⑦"感月"二句:自己过去经常吟风咏月,诗词唱和,如今逐渐老去,作为流离之人,什么事也做不成了。感月吟风,指即景生情,吟诗作词,自得其乐。

⑧"谁怜"句:此谓自己已是垂暮之年,还有谁会怜悯你的憔悴与衰败?凋零,本指草木凋残零落,此既指人的年华老去,兼指南渡途中文物丧失、家业衰落。

⑨"试灯"二句:写南渡后抚今追昔,对一切毫无兴致,无论是元宵试灯,还是踏雪赏景,都没有那份心情了。试灯,宋人风

俗,农历正月十五日元宵节前张灯预赏谓之试灯。踏雪,宋人周辉《清波杂志》卷八云:"顷见易安族人,言明诚在建康日,易安每值天大雪,即顶笠披蓑,循城远览以寻诗,得句必邀其夫赓和,明诚每苦之也。"踏雪之事即指此。

辑评

清·徐钒云:"庭院深深深几许,杨柳堆烟,帘幕无重数。金勒雕鞍游冶处,楼高不见章台路。 雨横风狂三月暮,门掩梨花、无计留春住。泪眼问花花不语,乱红飞过秋千去。"此欧阳文忠《蝶恋花》春暮词也。李易安酷爱其语,遂用作"庭院深深"调数阕。杨升庵云:"一句中连三字者,如,'夜夜夜深闻子规',又'日日日斜空醉归',又'更更更漏月明中',又'树树树梢啼晓莺',皆善用叠字也。"(《词苑丛谈》)

清·沈雄云:《乐府纪闻》云:李清照每爱欧阳公《蝶恋花》词,"庭院深深深几许"云云,作"庭院深深"句,即《临江仙》也。(《古今词话》)

临江仙①

庭院深深深几许?云窗雾阁春迟②。为谁憔悴损芳姿③。夜来清梦好,应是发南枝④。　玉瘦檀轻无限恨⑤,南楼羌管休吹⑥。浓香吹尽有谁知。暖风迟日也,别到杏花肥⑦。

注释

① 这是一首咏梅词。词人借芳姿憔悴的落梅为比,托物抒怀,曲折地表现南渡后日日幽闭空庭、在愁苦中煎熬的哀怨心情。在对落梅的描写与同情之中,亦展现了词人年华老去、无人怜惜的凄凉境地,融入了对自己飘零命运的感慨。

② 春迟:指春天迟迟不来。词人幽居于重重闺门之内,忧伤满怀,无心感受季节的变化,也看不到早春的梅花,所以觉得春天似乎姗姗来迟。

③ "为谁"句:等到词人走出户外时,发现梅花已是花容憔悴、即将凋零了。与词的开头呼应,说明词人长期闭门幽居,以致错过了梅花的花期,辜负了大好春光。芳姿,指梅花美丽的姿态。

④ "夜来"二句:词人回想夜里做的好梦,梦中向阳的梅花开得正盛,如今却已凋零,故用"应是"二字表达梦境与现实的差异,展露惋惜之情。南枝,向阳的树枝,较早开花。南枝常被用来指梅花。

⑤ "玉瘦"句:白色的梅花姿容清瘦,浅红色的梅花轻挂枝头,都似含着无限幽怨。这是词人用拟人手法描写梅花。檀,浅绛

色。恨,幽怨之态。

⑥"南楼"句:羌笛中有《梅花落》一曲,风格幽怨凄凉。词人害怕《梅花落》的曲声响起,梅花便会逐渐凋零,只落得残红满地、清香散尽的凄凉境地,所以说"羌管休吹"。此处亦寄寓着词人对韶华易逝、容颜衰老的担忧。羌管,即羌笛。古代管乐器。高适《塞上听吹笛》:"雪净胡天牧马还,月明羌笛戍楼间。借问梅花何处落?风吹一夜满关山。"写的就是听羌笛吹奏《梅花落》的情景。

⑦"暖风"二句:和煦的春风、温暖的阳光下,梅花已经日益凋谢,故而词人请求春天的脚步放慢一些,别一下就让时间来到杏花盛开的时节了。结尾表达出对梅花的无限珍爱和挽留之意。杏花肥,盛开的杏花。

辑评

唐圭璋云:据《草堂诗余》载清照别一首《临江仙》自序云:"欧阳公作《蝶恋花》,有'深深深几许'之句,予酷爱其语,作'庭院深深'数阕,其声即《临江仙》也。"是清照曾作数阕《临江仙》,此阕起处相同,或亦清照作也。(《宋词四考·宋词互见考》)

王学初云:按此首泛咏梅花,情调与另一首完全不同,未必同时所作。《乐府雅词》李词亦未收此首。《梅苑》以此首为曾子宣妻词,《花草粹编》以为李易安词,俱不详所本,存疑为是。(《李清照集校注》卷一)

诉衷情①

夜来沈醉卸妆迟。梅萼插残枝②。酒醒熏破春睡,梦远不成归③。　　人悄悄,月依依,翠帘垂④。更挼残蕊,更撚余香,更得些时⑤。

注释

① 诉衷情:唐教坊曲名,后用作词调。又名《桃花水》《画楼空》《偶相逢》《步花间》《试周郎》。前人认为调名或取《离骚》之"众不可户说兮,孰云察余之中情"。最早由晚唐词人温庭筠创作。原为单调,后演为双调。五代以来,此词调以写男女恋情为主。北宋时,苏轼、黄庭坚开始用于表现士大夫情趣。

这是一首咏残梅之词。词人寄情残梅,抒写对故土深沉的思念,意象选取独特,抒情亦细腻含蓄,读之令人荡气回肠。上片写午夜梦醒,"梦远不成归",残梅浓烈的幽香熏破了词人回故乡的美梦,引发无限伤感。下片写残梅陪伴着酒醒后愁绪萦怀的词人,通过她在孤寂的月夜把玩残梅的种种举动,揭示出她在国难中流落异乡、孤苦凄凉的内心世界。

② "夜来"二句:写词人借酒浇愁,夜里大醉之后,来不及卸妆就沉沉地睡着了,头上戴的梅花因被碾压而花瓣掉落,只剩蕊萼尚残留在枝上。此番大醉,暗示着词人心中极浓的忧愁,而残梅的形象也暗示了词人此时的憔悴。沈醉,沈同沉,言

饮酒大醉。卸妆,卸去身上的妆饰品。

③ "酒醒"二句:残梅浓郁的花香将词人从沉醉中熏醒,想想刚才在梦中回归故土的情景,可惜花香惊破了好梦,无法到达远方的故乡。不成归,词人只有在梦中才能回到日夜思念的故乡,而梦醒了,也就无法在梦中回到故乡了。

④ "人悄悄"三句:满腹心事的词人默默地斜倚床上,看月亮缓缓地向西移动,似乎对人无限依恋,不忍离开,翠绿的帘幕静静地垂着。悄悄,言词人默然不语,亦借用《诗经·柏舟》篇的"忧心悄悄"之意。依依,形容月光隐约朦胧的样子,亦含有月光多情相照、慰人寂寥之意。"人悄悄,月依依",对偶工整,寓情于景,情景交融。

⑤ "更挼"三句:描写词人长夜难眠,百无聊赖之下,只能下意识地搓揉着残梅的花蕊,闻闻手中的余香,借此熬过夜晚余下的时光。挼(ruó),揉搓的意思。以两手摩之叫挼。撚(niǎn),与捻同,用手搓转。白居易《琵琶行》:"轻拢慢捻抹复挑。"得,待,需。末句意谓还得苦挨一些时候天才亮啊。结尾三个"更"字,层层递进,意味含蓄。

辑评

玉梅词隐云:《漱玉词》屡用叠字,"寻寻觅觅,冷冷清清,凄凄惨惨戚戚"最为奇创,又"庭院深深深几许",又"更挼残蕊,更撚余香,更得些时",又"此情此恨,此际拟托行云,问东君",又"旧时天气旧时衣,只有情怀不似旧家时"。叠法各异,每叠必佳,皆是天籁,肆口而成,非作意为之也。欧阳文忠《蝶恋花》庭院深深一阕,柔情回肠,奇艳醉魄,非文忠不能作,非易安不许爱。(清·况周颐《漱玉词笺》引)。

刘逸生云:……整首词写的就是这些。你看,事情有多么琐屑,而写来却多么细腻,表达的人物感情又何其曲折幽深,耐人寻味。不知道这首小词是不是为了寄给她丈夫的。可以想象,假如赵明诚读了它,决不会不受感动的。妻子这一缕细微委婉的柔情,难道会比"帘卷西风,人比黄花瘦"更逊色吗?(《宋词小札》)

菩萨蛮[1]

归鸿声断残云碧[2]。背窗雪落炉烟直[3]。烛底凤钗明,钗头人胜轻[4]。 角声催晓漏[5]。曙色回牛斗[6]。春意看花难,西风留旧寒[7]。

注释

[1] 菩萨蛮:本唐教坊曲,后用为词牌。唐玄宗(685—762)时,崔令钦所著《教坊记》中已有此曲名,今存李白所作《菩萨蛮》词一首,为词调中之最古者。此调又名《菩萨鬘》《重叠金》《子夜歌》《巫山一片云》《花间意》等。

这首词作于宋高宗建炎三年(1129)。靖康之变后,赵明诚被任命为建康府知府,这首词即作于清照随夫避难江宁期间。适逢人日,词人描写了在异乡度过人日的情景。上阕写从黄昏至夜晚的景况,下阕写次日清晨的感受,抒发了孤寂怅惘的情怀。词中的"角声催晓漏",说明金兵步步紧逼,江宁的情况也很危急了。南宋朝廷一再的妥协退让,让流离于南方的人们不知何时才能重返故乡,词人只能目送大雁回归北方,在漂泊中度过毫无春意的时光。全词意境萧条,抒情氛围凝重。

② "归鸿"句:寂寥的天空中,北回的大雁声声鸣叫着,飞过建康城,随着雁鸣声越来越远,雁影也消失在飘浮着残云的碧空之中。大雁飞向北方,词人"目送归鸿",一颗心也似随着大雁飞回到了魂牵梦绕的故乡。归鸿,春天北回的大雁。声断,指大雁越飞越远,直到声音都听不见了。

③ "背窗"句:窗外雪花纷纷落下,室内燃起了香炉,一缕炉烟垂直地升起。背窗,言背对着窗子点燃香炉。晋唐以后,古代人日多有祭祀之事,人们点燃香炉,或祭土地神,或祭祖先,祭祀的牌位安放在门内的墙龛间。

④ "烛底"二句:描写人日装饰祈福的习俗。正当人日,夜晚的烛光映照下,词人头上插戴着明亮的凤钗,钗头上装饰的人胜十分轻巧。凤钗,古代妇女头上戴的一种首饰,钗头部分做成凤凰形,称凤凰钗。人胜,即人、胜,皆是古人于人日所戴的装饰物。宗懔《荆楚岁时记》载:"正月七日为人日,以七

种菜为羹,剪彩为人,或镂金箔为人,以贴屏风,亦戴头鬓;又造花胜以相遗,登高赋诗。"人日,即农历初七,相传女娲创世纪时,先用六天造出了鸡、狗、猪、羊、牛、马,在第七天造出了人,因此,这七天分别被称为鸡日、狗日、猪日、羊日、牛日、马日、人日。古代风俗,妇女们于人日剪彩或镂金箔为人形,贴于屏风或戴在发上,或剪彩为花做成花胜互相馈赠,以讨取吉利。胜,又称华胜,花胜。颜师古云:"胜,妇人之首饰也,汉代谓之华胜。"杜甫《人日》诗有"胜里金花巧耐寒"句。李商隐《人日即事》亦曰:"镂金作胜传荆俗,剪彩为人起晋风。"

⑤ "角声"句:黎明时分,一阵凄凉的号角声响起,仿佛催得天空破晓了。角,古代军中的一种乐器,又称画角、号角。晓漏,就是拂晓时分。漏,古代计时用的一种仪器。

⑥ "曙色"句:天空斗转星移,呈现出曙光。曙色,黎明的天色。牛斗,两星名,即牛宿星和北斗星。

⑦ "春意"二句:本以为人日过后,春意会越来越浓,然而今年的春天,却依然是西风呼啸,把冬天的寒冷留在了人间,花儿遭受春寒,无法绽放,看来很难欣赏到花开的景色了。古人有在人日这天凭阴晴占一年灾祥的习惯,东方朔《占年书》曰:"人日晴,所生之物蕃育;若逢阴雨,则有灾。"杜甫《人日》诗云:"元日到人日,未有不阴时。冰雪莺难至,春寒花较迟。"本词中对"雪落""旧寒"的描写,暗示了国运的衰微,以"春意看花难"的萧条景象征南宋偏安的小朝廷萎靡不振的局面,表达了词人对时局的失望。

辑评

　　徐培均云：此词应作于建炎三年(1129)正月初七(人日)。去岁清照自青州南来江宁。至本年二月，明诚罢知江宁。歇拍二句，即"南来尚怯吴江冷"之意也。(《李清照集笺注》)

菩萨蛮①

　　风柔日薄春犹早。夹衫乍著心情好②。睡起觉微寒，梅花鬓上残③。　　故乡何处是？忘了除非醉④。沈水卧时烧，香消酒未消⑤。

注释

① 这首词是宋高宗建炎三年(1129)词人南渡建康后作，时间在二月赵明诚罢知建康府之前。当时北方大片国土沦落于异族之手，词人颠沛流离之中，对故乡的思念无时不萦绕心头。词中所写即为浓浓的思乡之情。上片以明亮轻快的初春景色起笔，描写乍试春衫后的舒适，却接以"微寒"与"梅残"的感受，情绪初见波澜，为下文埋下伏笔；过片陡然一转，直抒胸臆："故乡何处是？忘了除非醉。"写词人意识到身处异乡，瞬间如梦初醒，思乡之情顿时涌上心头，陷入国破流离、远离

故土的深哀巨痛之中。词中的抒情节奏跌宕起伏,意虽沉痛而笔致轻灵。且全词前后呼应,上片的"梅花鬓上残"直至结尾才点出原因,十分耐人寻味。

② "风柔"二句:正是早春时节,春风温柔地吹拂,和煦的阳光洒在身上,非常惬意。词人换上轻薄的春装,心情也好了起来。日薄,阳光柔和不强烈。乍著,刚刚穿上。

③ "睡起"二句:词人一觉醒来,觉得微微有些寒意,睡觉之前没有将头上戴的梅花摘下,此时花已有些凋残。此句意境与《诉衷情》(夜来沈醉卸妆迟)所云"夜来沈醉卸妆迟,梅萼插残枝"接近,让人不由得联想到虽然词人自云"心情好",然而内心实有隐忧,故在醉后未曾卸妆即已睡去。梅花,指插在鬓角上装饰的梅花。一说为梅花妆。据叶廷珪《海录碎事》卷十下记载:"(南朝)宋武帝女寿阳公主,人日(阴历正月初七日)卧于含章(殿)檐下,梅花落公主额上,成五出之花,拂之不去,自后有'梅花妆'。"

④ "故乡"二句:哪里是我的故乡?想要忘记这点除非让我饮酒大醉。可见在清醒时思乡之情无时不萦绕在心际。下半阕风格突变,起笔即直接抒情,将胸中块垒,一吐为快。

⑤ "沈水"二句:词人在入睡之前将沉水香点燃,香已燃尽,说明时间已经过去了很久,而词人却酒意未消,可见宿醉之深。宿醉深,说明愁意浓,此愁,即乡愁。此句与上片的"梅花鬓上残"相呼应,点明正因宿醉,故而睡前忘记卸掉头上所戴的梅花。沈水,即沉水香,一种熏香料。

辑评

俞仲茅云:赵忠简《满江红》"欲待忘忧除是酒",与易安"忘了除非醉"意同。下句"奈酒行有尽愁无极"微嫌说尽,岂如"沈水卧时烧,香消酒未消",亦宕开,亦束往,何等蕴藉。易安自是专家,忠简不以词重云耳。(清·况周颐《漱玉词笺》引)

俞平伯云:上片措语轻淡,意思和平。下片说故乡之愁,一时半刻也丢不开,除非醉了。又说,就寝时焚香,到香消了酒还未醒。醉深即愁重也。意极沉痛,笔致却不觉其重,与前片轻灵的风格相一致。(《唐宋词选释》)

南歌子[①]

天上星河转[②],人间帘幕垂[③]。凉生枕簟泪痕滋[④]。起解罗衣,聊问夜何其[⑤]? 翠贴莲蓬小,金销藕叶稀[⑥]。旧时天气旧时衣。只有情怀不似旧家时[⑦]。

注释

① 南歌子:词牌名,原唐教坊曲名,用为词调。张衡《南都赋》有"坐南歌兮起郑舞"句,调名本此。《南歌子》作为唐教坊舞

曲,在唐玄宗开元以前就有了。因唐代的《清商乐》有"吴音""西声""南歌"等地域之分,《南歌子》应是采南方民歌改制而成。另名《水晶帘》《春宵曲》《南柯子》《望秦川》等。

宋建炎三年(1129)八月,赵明诚在赴湖州知州任上途中病亡,李清照国破家亡、孤苦伶仃,亦大病一场,于是年深秋痛定思痛,写成该词。词上半阕从天上到人间,词人感受着人天远隔的深悲,泪浸枕席,无限孤苦凄凉。下半阕词人将对亡夫的种种怀念之情,寄托于一件绣有莲蓬、藕叶,伴随着诸多美好记忆的旧时"罗衣",以物是人非的巨大落差,将对亡夫的思念表达得凄恻感人,也传达出作者遭受的家国沦亡之苦,身世飘零之悲。全词以平常语记家常事,直至结尾方点出"情怀"的核心,看似波澜不惊,实则层层深入,含蓄隽永,感人至深。

② "天上"句:词人于深夜遥望星天,看天上的银河缓缓转动、斗转星移。"星河转"写时间的推移流逝,表明词人仰望的时间已久。望天是在思念着已经远离人间的丈夫赵明诚。

③ "人间"句:与故去的赵明诚相对,尚在人间的词人将帘幕低低垂下,孤独而寂寞。

④ "凉生"句:已是深秋,词人躺在竹席上感到阵阵凉意,悲凉之下,不觉泪水涟涟,浸湿枕席。枕,枕头。簟(diàn电),竹席。滋,增益,加多。

⑤ "起解"二句:词人原和衣而睡,醒来后起身脱去身上的丝绸外衣,随口问道:"夜到何时了?"夜何其,语出《诗经·小雅·

庭燎》:"夜如何其?夜未央。"朱熹《诗集传》解曰:"王将起视朝,不安于寝,而问夜之早晚曰:夜如何哉?"词人化用此语,然并非有急事需要早起,而是对于独宿的词人而言,夜晚是如此的漫长、冷清,孤苦难熬。其(jī基),语助词。

⑥ "翠贴"二句:词人解衣时注意到身上穿了多年的罗衣,上面的花纹已经磨损,用翠羽贴成的莲蓬变小了,用金线绣制的荷叶也已褪色,变得单薄而稀疏。"翠贴""金销",即贴翠、销金,均为服饰工艺,即以翠羽贴成莲蓬样,以金线嵌绣藕叶纹。莲蓬、藕叶,是罗衣上的图案,词人如此专注是有原因的,莲、藕因与怜、偶谐音,是诗词、民歌中用来表现爱情生活的常用意象。这件穿了多年的罗衣,曾陪伴词人度过了多少美好的时光,看到罗衣上的莲、藕,词人自然联想到当年的佳偶天成、夫妻唱和、伉俪情深,如今斯人已逝,怎能不睹物伤神!

⑦ "旧时"二句:天气秋凉如旧,身穿旧时罗衣,只是穿这罗衣的人"情怀"不似旧时了。连用三个"旧时",形成强烈的今昔对比,抒发物是人非之感。旧日的美好时光刻骨铭心,今日则沧桑巨变、凄苦不堪,其中的无限感慨,词人用"只有情怀不似旧家时"一句轻轻点破,留给读者去慢慢品味。旧家,从前,过去。

辑评

清·况周颐云:此等语愈朴愈厚,愈厚愈雅,至真之情,由性

灵肺腑中流出,不妨说尽,而愈无尽。(《蕙风词话》卷二)

王学初:全词用笔细腻、缜密、从容、蕴蓄,写得情致宛转,凄恻动人,足以代表李清照词的婉约风格。(《李清照集校注·后记》)

忆秦娥①

桐

临高阁,乱山平野烟光薄②。烟光薄,栖鸦归后,暮天闻角③。　断香残酒情怀恶④。西风催衬梧桐落⑤。梧桐落,又还秋色,又还寂寞⑥。

注释

① 忆秦娥:词牌名。相传此调为李白所创制,李白词中有"秦娥梦断秦楼月"句,故名《忆秦娥》,又名《秦楼月》《双荷叶》《碧云深》等。秦娥,即秦穆公女弄玉,事见《列仙传》。

这首词与上一首《南歌子》写作时间接近。词人经历了国破人亡、颠沛流离、文物遗散等种种打击,又目睹了敌兵入侵、山河破碎、人民离乱的惨痛现实,心境愈发萧瑟,故词中所写诸景色彩灰暗,蕴含的情感亦无限悲苦。

忆秦娥（临高阁）

② "临高阁"二句：写登高阁远眺所见之景。远处凌乱的、高高低低的山峰与空旷的原野都笼罩在一层薄薄的烟雾之中,迷迷蒙蒙,一派衰飒萧瑟的景象。临,居上视下。乱山,山峰高高低低,杂乱无序。

③ "栖鸦"二句：傍晚时分,乌鸦纷纷返回巢中,远处传来了高亢凄厉的号角声。暮天,傍晚。角,古代乐器,一般用竹木或皮革制成,也有的用铜制作,因外面绘有花纹图案,所以也叫"画角"。其声哀厉高亢,后来被用于军队中,以警报昏晓。此处之角声亦含金兵逼近、战事不息之意。

④ "断香"句：香火就要熄灭,酒也所剩无几,悲苦的愁绪依然笼罩着词人。断香,香已烧尽。残酒,酒也快喝完了。情怀恶,情绪始终不好。

⑤ "西风"句：言严酷萧瑟的秋风,催逼得梧桐叶纷纷飘落,渲染出一片凄凉的氛围。此句中"西风"二字据《花草粹编》补。催衬,通"催趁",宋时日常用语,犹催赶、催促。趁与衬,同音假借。岳飞《池州翠微亭》诗："好山好水看不足,马蹄催趁月明归。"孔凡礼《宋诗纪事续补》卷十一徐安国《红梅未开以汤催趁》诗："频将温水泛花枝,催得红梅片片飞。"

⑥ "梧桐落"三句：纷纷落下的梧桐叶让秋意更浓,也更增加了词人的痛苦与寂寞。因在古典诗词中,桐死、桐落可指配偶的丧亡。贺铸悼念亡妻的《鹧鸪天》词："梧桐半死清霜后,头白鸳鸯失伴飞。"故由梧桐飘坠自然引发出对亡夫赵明诚

的思念。而接在后面的两个"又还",则又起到了层层叠加的作用,词人本已承受着家破人亡的惨痛,再加上满目悲凉的秋色,结果更加重了满心的凄怆与寂寞。

好事近①

风定落花深,帘外拥红堆雪②。长记海棠开后,正伤春时节③。　　酒阑歌罢玉尊空,青缸暗明灭④。魂梦不堪幽怨,更一声啼鴂⑤。

注释

① 好事近:宋代词调名,又名《钓船笛》《翠圆枝》《倚秋千》。苏轼、黄庭坚、秦观等人均有所作。此"近"字,又称为近拍,是词的种类之一。词调主要分"令""引""近""慢"四类,四类的区别在于歌拍节奏的不同。近词和引词一般都长于小令而短于慢词,所以又称为中调。《好事近》是近词中最短的词调,双调,四十五字。上下片各四句,两仄韵,且以押入声为宜。

　　这首词写于赵明诚去世翌年。经历了种种打击,词人的心境愈发萧瑟。词中百花的凋零,盛宴过后的孤寂,一点昏暗的青灯,惊破梦魂的杜鹃的哀鸣,无不使人"不堪幽怨",更使家破人亡的词人难以承受。故词中明写伤春,暗写怀旧;感伤风后的落花,亦是感喟遇难后人事的凋零、南渡后国运的衰微,字里行间传达出词人深创巨痛下无比哀怨的心理状态。

② "风定"二句:大风过后,曾经鲜艳的花儿飘落满地,隔着帘子向外看,只见到处堆积着各种颜色的落花。风定,风停。深,指落花很厚。拥红堆雪,凋落的花儿聚集成堆。拥,簇拥。红、雪,指代红色、白色的各种花瓣。

③ "长记"二句:常记得故乡的海棠开过以后,也正是这样令人伤感的暮春时节。此处由眼前境况转入怀旧。词人对海棠情有独钟,年少时曾写过咏海棠的《如梦令》。

④ "酒阑"二句:酒已尽,歌已停,玉制的精美酒器已经空了。曲终人散,只有一盏昏暗的青灯在那里忽明忽灭。此言歌舞升平的时光已然成为过去,只剩下一点几近于灭的灯火,陷入凄冷与昏暗。青缸,即青灯,因光色青荧得名。

⑤ "魂梦"二句:即使在梦中,词人也是满怀幽怨,何况又听到窗外传来啼鹃凄厉的哀鸣,更使人肝肠寸断。幽怨,潜藏在心里的怨恨。啼鴂(tí jué 啼决),亦名鶗鴂、鹈鴂,鸣声悲切。《汉书·扬雄传》注:"鹈鴂,一名子规,一名杜鹃,常以立夏鸣,鸣则众芳皆歇。"结尾与开篇的落花相呼应,暗含屈原《离骚》"恐鹈鴂之先鸣兮,使夫百草为之不芳"之意。故啼鴂的鸣叫,意味着百花凋零,春天归去,自然使词人联想到年华流逝,国运堪忧。

辑评

徐培均云：此词似作于赵明诚逝世后某年之暮春。歇拍"魂梦"二句，实为创深痛巨之语，非因悼念亡夫不能至此。姑系于绍兴三年(1133)定居杭州之前。(《李清照集笺注》)

摊破浣溪沙①

病起萧萧两鬓华②。卧看残月上窗纱③。豆蔻连梢煎熟水，莫分茶④。　　枕上诗书闲处好，门前风景雨来佳⑤。终日向人多酝藉，木犀花⑥。

注释

① 摊破浣溪沙：词牌名。又叫《山花子》《添字浣溪沙》《南唐浣溪沙》等。"摊破"，又称"摊声"，是唐宋曲子词术语，指的是某词调由于乐曲节拍的变动而增减字数，由此引起了句法、协韵的变化，而另成一体。《摊破浣溪沙》实为《浣溪沙》之别体，是在《浣溪沙》原三个七字句后，于上下阕各增加一个三字句作结句，且将韵字移于结句。因此有"添字""摊破"之名。《摊破浣溪沙》创于五代南唐中主李璟，故又名《南唐浣溪沙》。

这首词作于宋高宗绍兴二年(1132)秋,词人重病初愈之时。此时词人虽然才四十九岁,却经历了过多的人生坎坷。先是,赵明诚病故,词人伤心欲绝;后携所余文物颠沛流离中,又被邻人盗走大部。绍兴二年春天赴杭州后患病,又遭遇张汝舟骗婚,张实觊觎清照手中残存之文物,不得手即对她日加殴击。是年秋清照与张离异,并告发张"妄增举数入官",张遂编管柳州。依宋刑律,告发亲人者应"徒二年",但清照因得明诚远亲綦(qí其)崇(chóng崇)礼搭救,仅系狱九日。接踵而至的打击使词人大病一场,自述"近因疾病,欲至膏肓,牛蚁不分,灰钉已具"(《投内翰綦公崇礼启》)。这首《摊破浣溪沙》记录了词人养病期间的生活和感受。全词写得从容平静,既有劫后余生的欣慰,也隐含着饱经沧桑的感悟。

② "病起"句:词人自病后头发稀疏,如今两鬓又添了白发。萧萧,头发短而稀疏的样子。两鬓华,两鬓花白。

③ "卧看"句:卧床养病,看着残缺的月亮缓缓升起,凄清的月光照在窗纱上。残月,指月未圆时,犹如残缺。

④ "豆蔻(kòu扣)"二句:写词人服用连枝的豆蔻煎成的汤药,因饮茶能解药性,故不能做分茶赏茶的事情。豆蔻连梢,即连枝的豆蔻。豆蔻系药物,性温,味辛,去湿,和胃。熟水,一种以植物或其果实为原料煎泡而成的药用饮料。陈元靓《事林广记》别集卷七之《造熟水法》曰:"夏月,凡造熟水,先

倾百煎滚汤在瓶器内,然后将所用之物投入。密封瓶口,则香倍矣。"分茶,宋代流行的一种茶道。注汤后用箸搅茶乳,使汤水波纹幻变成种种形状。陆游《临安春雨初霁》诗:"晴窗细乳戏分茶。"杨万里《澹庵座上观显上人分茶》诗:"分茶何似煎茶好,煎茶不似分茶巧。"以上写病中孤独无靠,只能卧看残月,煎汤服药,终日寂寞,也不能分茶赏茶以放松心情。

⑤ "枕上"二句:养病期间的生活非常安静,词人靠在枕上阅读诗书十分闲适,看到门前的景色在雨中更添佳趣。历经沧桑的词人,此时已心如止水。

⑥ "终日"二句:在静养的日子里,整日陪伴自己的只有那深秋绽放、芳香远播、深沉含蓄的木犀花。酝藉,宽和有涵容。《汉书·薛广德传》:"广德为人,温雅有酝藉。"颜师古注引服虔曰:"宽博有余也。"木犀(xī 西),俗写做"木樨",即桂花的别名。花小,颜色有黄有白,有特殊香气,庭院中多栽植。词人曾称赞金桂"自是花中第一流"(《鹧鸪天·桂花》)。

辑评

俞平伯云:写病后光景恰好。说月又说雨,总非一日的事情。(《唐宋词选释》)

摊破浣溪沙①

揉破黄金万点轻。剪成碧玉叶层层②。风度精神如彦辅,大鲜明③。　　梅蕊重重何俗甚,丁香千结苦粗生④。熏透愁人千里梦,却无情⑤。

注释

① 这首词咏桂花。词人采取了先扬后抑、波澜突起的写作手法,给人留下极为深刻的印象。上片以咏桂发端,从色彩之美到风度精神,由外到内,对桂花极力赞扬;过片又以梅花、丁香为陪衬,突出桂花的清丽高雅。然而在层层铺写之后,结尾却陡然逆转,斥责桂花:"熏透愁人千里梦,却无情。"恼怒花香扰了自己的回乡之梦,揭示出自己的愁绪千结。这个逆转有力地突出了词人魂牵梦绕的故国情思,既是出人意料,又在情理之中,引人回味,启人深思,堪称咏物抒情之妙笔。

② "揉破"二句:桂花盛开时,黄色的花瓣娇小精致如被揉碎的片片金屑,形态轻盈;而桂树叶子仿佛用晶莹的碧玉剪裁而成,金黄的桂花在一层又一层繁茂碧绿的桂叶中间绽放,似点缀着万点黄金,色泽灿烂而鲜明。黄金,指桂花,因桂花呈黄色,故又称金桂。碧玉,形容桂花碧绿的树叶莹润如玉。

③ "风度"二句:桂花风姿高雅,色彩鲜明,其风度精神犹如西晋名士王衍和乐广一样风流倜傥,名重于时。彦辅:西晋时南阳人,名乐广,字彦辅。雅量高致,气度不凡,为当时著名的风流人物。《晋书·刘讷传》载,刘讷见诸名士而叹曰:"王夷甫太鲜明,乐彦辅我所敬。"《世说新语·品藻》亦载此事。王夷甫即王衍,字夷甫,西晋时期著名清谈家,《晋书·列传第十三》载:"衍字夷甫,神情明秀,风姿详雅。"清照将对两个名士的评价合在一起用典,比拟桂花高雅倜傥的风度。大,通"太",极、很之意。

④ "梅蕊"二句:词人把梅花、丁香与桂花相比,说梅花那重重叠叠的花瓣儿,就像过分妆扮的女子一样,让人觉得太俗气了;丁香花则花小如簇,千万朵集结簇拥在一起,一点也不大气,也显得很粗俗。梅花与丁香花自有其美,作者亦有咏梅词,但此处为了突出桂花的高雅风度和鲜明精神,故意抑彼扬此,说梅花与丁香粗俗而不含蓄,以反衬桂花的高雅超俗,风姿飘逸。苦粗生:犹言太粗生。生,语助词。

⑤ "熏透"二句:词人如此喜爱桂花,然而它浓郁的芳香却将词人从回忆故人与故园的梦中熏醒,不让她梦回千里之外的故乡,不让她重温旧日幸福的时光,这对于经历了国破家亡、孤苦伶仃的"愁人"来说,是不是太无情了?结尾两句既切合咏桂,点明桂花香气浓郁的特性;亦托物抒情,点出词人魂牵梦绕的故园之思,这才是本词所要表达的核心所在。

辑评

　　黄墨谷云：此词仅见《花草粹编》，词意浅薄，不类清照之作。且清照所作咏梅之词，情意深厚，有"此花不与群花比"之句，而此词则云"梅蕊重重何俗甚"，非清照之作明矣。兹不录。（《重辑李清照集·漱玉词卷三》）

武陵春①

　　风住尘香花已尽②，日晚倦梳头③。物是人非事事休。欲语泪先流④。　　闻说双溪春尚好，也拟泛轻舟⑤。只恐双溪舴艋舟，载不动、许多愁⑥。

注释

① 武陵春：词牌名。武陵，即陶渊明在《桃花源记》中所写的桃源所在地。此词调起于歌颂桃花源事。
　　南宋高宗绍兴四年（1134）九月，金兵与金人扶植的伪齐合兵，自淮阳分道来犯，金兵侵扬州，被韩世忠军击败。十月，金兵主力侵淮西，岳飞又助牛皋等击退金兵。金、齐兵在淮东、淮西连续被挫败后退兵。十月形势紧急时，清照自述"自临安泝流，涉严滩之险，抵金华，卜居陈氏第。"（《打马图》

序)这首词作于绍兴五年(1135)在浙江金华避难时,是年作者五十二岁。

　　词人选《武陵春》之调填词,盖有深意。因词人早年与丈夫为避党争之祸而屏居青州十年,其间词人曾称呼丈夫"武陵人";而今李清照为避兵乱只身流亡,暂居金华,当初的"武陵人"已亡故,词人孤独漂泊,命运坎坷。故词中描绘暮春凄凉惨淡的气象,正是金兵北退之后国土一片残破的反映,也是词人暮年凄惨命运的写照,留给她的只剩下物是人非的痛苦。该词可以看作是清照晚年生活的总括:既有孀居之悲、沦落之苦,也有亡国之痛,写出了婉约词忧伤的绝唱。

② "风住"句:一阵疾风过后,鲜花已经零落殆尽,只有尘土中还残留着落花的芬芳,时节已到了暮春。

③ "日晚"句:日色已晚,但孤独忧伤的词人仍无心梳洗打扮。日晚,指太阳已升得老高。梳头,泛指梳洗。

④ "物是"二句:春去春又来,花开花又落,年年岁岁,亘古不变;而人事却沧桑巨变,词人也与以前大不一样,国土沦陷、丈夫病死、金兵南侵、四处逃难,真可谓事事堪忧,内心充满凄苦与绝望。即使想诉说自己的遭际,还没有开口就会泪如雨下。事事休,一切事情都完了。

⑤ "闻说"二句:听人说起双溪春景尚佳,也打算去乘舟赏景,姑且放松一下心情。双溪,水名,在浙江金华,是唐宋时有名的游览胜地。有东港、南港两水汇于金华城南,故曰"双溪"。《浙江通志·山川九》引《名胜志》:"双溪,在(金华)城南,一

曰东港,一曰南港。东港源出东阳县大盆山,经义乌西行入县境……南港源出缙云黄碧山,经永康、义乌入县境,又合松溪、梅溪水,绕屏山西北行,与东港会与城下,故名。"拟,准备,打算。

⑥"只恐"二句:词人想去乘舟赏景的念头只一闪念,忽又担心起来,双溪小小的船儿岂能负载自己如此沉重的忧愁啊。此处运用巧妙的比喻,将看不见摸不着的愁思具象化,有化虚为实之妙,将词人国破家亡无法排遣的双重悲感表现得深沉委婉,真切生动。舴艋(zé měng 则猛)舟,小船。

辑评

明·叶盛云:李易安《武陵春》词,玩其词意,其作于序《金石录》之后欤? 抑再适张汝舟之后欤? 文叔不幸有此女,德夫不幸有此妇。其语言文字,诚所谓不祥之具,遗讥千古者欤?(《水东日记》卷二十二)

明·沈际飞云:(评结句)与"载取暮愁归去"相反,与"遮不断愁来路""流不到楚江东"相似,分帜词坛,孰辨雄雌?(《草堂诗余正集》卷一)

明·李攀龙云:未语先泪,此怨莫能载矣。又:景物尚如旧,人情不似初,言之于邑,不觉泪下。(《草堂诗余隽》卷二)

清·王士禛云:"载不动、许多愁"与"载取暮愁归去""只载一船离恨向西州",正可互观。"八桨别离船,驾起一天烦恼",不免径露矣。(《花草蒙拾》)

清·吴衡照云:易安《武陵春》,其作于祭湖州以后欤?悲深婉笃,犹令人感伉俪之重。叶文庄乃谓"语言文字,诚所谓不祥之具,遗讥千古者矣",不察之论也。(《莲子居词话》卷二)

清·万树云:《词统》《词汇》俱注"载"字是衬,误也。词之前后结,多寡一字者颇多,何以见其为衬乎?查坦庵作,尾句亦云"流不尽许多愁"可证。沈选有首句三句,后第三句平仄全反者,尾云"忽然又起新愁"者,"愁从酒畔生"者,奇绝。(《词律》卷五)

清·俞正燮云:居金华,有《武陵春》词曰:"(略)。"流寓有故乡之思。其事非闺闱文笔自记者莫能知。(《易安居士事辑》)

清·陈廷焯云:易安《武陵春》后半阕云:"闻说双溪春尚好,也拟泛轻舟,只恐双溪舴艋舟,载不动许多愁",又凄婉,又劲直。观此,益信易安无再适张汝舟事。即风人"岂不尔思,畏人之多言"意也,投綦公一启,后人伪撰,以诬易安耳。(《白雨斋词话》卷二)

清·梁启超云:此盖感愤时事之作。(评《艺蘅馆词选》乙卷)

转调满庭芳①

芳草池塘②,绿阴庭院,晚晴寒透窗纱。玉钩金锁,管是客来唦③。寂寞尊前席上④,唯□□海角天涯。能留否？酴醾落尽⑤，犹赖有□□。　　当年，曾胜赏⑥，生香薰袖⑦，活火分茶⑧。□□龙骄马⑨，流水轻车⑩。不怕风狂雨骤⑪，恰才称、煮酒残花。如今也，不成怀抱，得似旧时那⑫？

注释

① 满庭芳：词牌名。由唐代吴融"满庭芳草易黄昏"和柳宗元"偶此即安居，满庭芳草积"诗句而得名。另名《满庭花》《潇湘雨》等。所谓"转调"，据王仲闻《李清照集校注》考："今按戴埴《鼠璞》云：'今之乐章，至不足道，犹有正调、转调、大曲、小曲之异。'张元幹《鹊桥仙》词云：'更低唱、新翻转调。'《鼠璞》以'转调'与'正调'对立并举，盖非其正调者，即为转调，如《蝶恋花》原入商调，为正调；如入其他宫调，则为'转调'。"这首词采用抚今忆昔的写法，表现了作者流离沦落之苦和对故国的怀念。各本有脱字。

② 芳草：香草。

③ "玉钩"二句：意谓从外面传来门环的敲击声，一定是有客人来了。管是，定是。唦（shā沙），语气助词。

④ 尊：与"樽"通。这里以酒器代酒。

⑤ 酴醾：也作荼蘼，花名。以其色似酴醾酒，故名。有香气，可供观赏。

⑥ 胜赏：愉快的游玩欣赏。

⑦ 生香薰袖:芳香气息满衣袖。生香,指香气。
⑧ 活火:有火焰的火。唐代赵璘《因话录》卷二:"谓人曰:'茶须缓火炙,活火煎。'活火谓炭火之焰者也。"分茶:宋代的一种茶道,犹今之品茶。见前《摊破浣溪沙》(病起萧萧两鬓华)注。
⑨ 骄马:高大威猛之马。
⑩ 流水轻车:《后汉书·舆服志》:"轻车不巾不盖。"所以最为便利,宜于驰骤。流水,形容路上的轻车疾驰。
⑪ 雨骤:雨急。
⑫ 那:语助词。下阕通过对以往生活的深情回忆,反衬眼前生活之不堪,有助于体会词人对故国深深的怀念。

辑评

　　黄墨谷云:此词仅见《乐府雅词》,系怀京洛旧事之作。脱文较多,《四库全书》本《乐府雅词》妄为缀补,不可从。"晚晴寒透窗纱"句"晴"字,"恰才称、煮酒残花"句"残"字,恐均系误文。(《重辑李清照集·漱玉词》)

清平乐①

　　年年雪里,常插梅花醉②。捋尽梅花无好意,赢得满衣清泪③。　　今年海角天涯，萧萧两鬓生华④。看取晚来风势，故应难看梅花⑤。

注释

① 清平乐：词牌名。又名《忆萝月》《醉春风》。原为唐教坊曲，载入崔令钦《教坊记》曲名。北宋编成的《尊前集》载有李白《清平乐》三首。任二北的《教坊记笺订》云："《鉴戒录》载五代时陈裕诗：'阿家解舞《清平乐》'，乃舞曲，《清平调》则未云有舞。温庭筠《清平乐》词'新岁清平思同辇'，显为《两都赋》'海内清平，朝廷无事'之意。《敦煌杂录》下《愿文》云：'社稷有应瑞之祥，国境有清平之乐。'"所以，《清平乐》是歌颂国家清平的歌舞曲，大诗人李白为此曲作词而成为这一词调的开创者。后人用此词调填词，只用其格式，已离其本意。

　　李清照一生，对梅一直赞赏有加。这首写于晚年的作品，以赏梅为线索，将少年时的欢乐、中年时的孤寂与凄楚、老年时丧国与亡夫的悲苦沦落等不同时期的情感体验浓缩于其中，以小见大，表现词人的飘零之感和家国之恨。结句语带双关，不仅指风对梅花的摧残，更暗示在金兵的紧逼之下国家命运的安危，具有一定的象征意义。

② "年年"二句：词人未出嫁前，闺门多暇，常于白雪纷飞之际，饮酒赏梅，将梅花插戴于头上做妆饰，梅花的香气让人陶醉，何等惬意。醉，陶醉，沉醉。

清平乐(年年雪里)

③ "挼(ruó)尽"二句:写词人婚后的状态。每当赵明诚外出时,词人便有无限的思念抑郁心中,头上插戴的梅花便成了手指间无意识揉搓、摧残的对象,非不怜惜,实因心绪不佳。情至深处,最终化为洒满衣襟的点点相思之泪。挼,揉搓的意思。无好意,心情不好。

④ "今年"二句:如今,年华已老,两鬓斑白,却不得不背井离乡,孤身流落如此偏远之地。"今年"二字表明上下阕之间今昔对比之意。海角天涯,本指僻远之地,此指作者避难奔波的江南诸地。萧萧,头发短而稀疏的样子。

⑤ "看取"二句:傍晚时分,飒飒风起,多少梅花会被风吹得凋零,明日很难再看到梅花盛开的景象了。词人晚年的作品总笼罩着一层忧患意识,难看到梅花的盛景,意味着在金兵南侵的铁蹄下,早年赏梅的绚丽景象已经成为过去。看取,观察。故应,自应。

孤雁儿① 并序

世人作梅词,下笔便俗;予试作一篇,乃知前言不妄耳②。

藤床纸帐朝眠起。说不尽、无佳思③。沈香断续玉炉寒,伴我情怀如水④。笛声三弄,梅心惊破,多少春情意⑤。　　小风疏雨萧萧地⑥。又催下、千行泪⑦。吹箫人去玉楼空,肠断与谁同倚⑧。一枝折得,人间天上,没个人堪寄⑨。

注释

① 孤雁儿:词牌名。又名《御街行》。《御街行》始见于范仲淹词,当起于北宋初年。后因无名氏词有"听孤雁、声嘹唳"句,而有此别名《孤雁儿》。

　　这首词作于宋建炎三年(1129)赵明诚卒后。词人借梅写情,却力避俗套,而是以"梅"为线索,用有关梅花的典故串起全篇,咏梅悼亡,典雅蕴藉。先写饰以梅花的藤床纸帐,以见孤苦凄凉;次写"梅花三弄",引发无限相思;再写折梅寄远,却无人堪寄,从而渲染出丈夫去世后孤寂悲凉的生活,传达出对亡夫深深的悼念之情。

② 序言意为世间人所作写梅之词,往往流于俗套,自己试作一篇,可与世人比较,就知道我说得并不过分。李清照是第一个将咏梅引入悼亡词的人,此作颇富新意。妄,虚妄,不真实。耳,语气词。

③ "藤床"三句:写自赵明诚故后,词人贫寒孀居,无限凄凉。藤床纸帐,本为贫寒人家及修道之人所用器具,此指主人公睡眠时的床帐。藤床,用藤条绷在木框上制成的床。纸帐,以藤皮茧纸缝制的帐子。帐上饰以梅花,为梅花纸帐。林洪

《山家清事》"梅花纸帐"条:"法用独床,傍植四黑漆柱,各挂以半锡瓶,插梅数枝。……上作大方目顶。用细白楮衾作帐罩之。……中只用布单、楮衾、菊枕、蒲褥乃相称。'道人还了鸳鸯债,纸帐梅花醉梦间'之意。"姚勉诗云:"藤床纸帐恰此须,能供梅花清梦无?"(《雪坡文集》卷十九《余评事惠龙团兽炭香璎凫实且许以百丈山楮衾而未至》)无佳思,没有好心情。佳思,好心情,好情思。

④ "沈香"二句:残香殆尽,香炉亦冷,只有似断仍连的袅袅微香,伴随着词人绵长、凄清的似水情怀。沈香,即沉香,亦作沉水香,薰香的一种。玉炉,玉制的香炉,亦为香炉的代称。

⑤ "笛声"三句:笛子吹出《梅花三弄》的曲子,梅花仿佛被笛声催开,凌寒绽放,此情此景,既让人感到了春天的来临,也引发词人对往日夫妻赏梅游春的无限回忆。三弄,即《梅花三弄》,又名《梅花引》,曲名。汉代横吹曲中有《梅花落》曲名,据琴曲集《神奇秘谱》称,琴曲《梅花三弄》系根据桓伊所作笛曲改编而成,描写梅花凌霜傲雪的姿态。全曲主调出现三次,故称"三弄"。春情意,喻指当年夫妻深情。

⑥ 萧萧:指刮风下雨的声音。

⑦ "又催下"句:风声雨声,声声凄恻,催人泪下,更令词人感到悲苦无限。

⑧ "吹箫"二句:意为丈夫去世后,再也没有人能与自己琴瑟相和、倚楼畅谈了,怎不令人柔肠寸断!吹箫人,刘向《列仙传》载:"萧史者,秦穆公时人也,善吹箫,能致孔雀、白鹤于庭。

秦穆公有女字弄玉,好之,公遂以女妻焉。日教弄玉吹箫作凤鸣。居数年,吹似凤声,凤凰来止其屋。公为作凤台,夫妇止其上,不下数年。一旦,皆乘凤凰飞去。"词人用善于吹箫的萧史指代丈夫赵明诚。"吹箫人去",即是说赵明诚已去世。肠断,形容极度伤心,柔肠为之寸断。

⑨ "一枝"三句:折下一枝初绽的梅花,可是转念一想,折下的梅花能寄给谁呢?人间已经没有可寄之人,天上更是渺远难寻啊。这里用陆凯寄梅花予范晔之典:陆凯与范晔相善,自江南寄梅花一枝给长安的范晔,并赠诗曰:"折梅逢驿使,寄与陇头人。江南无所有,聊寄一枝春。"词人也想折梅寄远,但明诚已故,与自己人天相隔,故言人间天上,无人可寄。结句折梅抒情,悲思无限,表达了对亡夫赵明诚的一片深情。

长寿乐①

南昌生日

微寒应候②。望日边、六叶阶蓂初秀③。爱景欲挂扶桑④,漏残银箭,杓回摇斗⑤。庆高闳此际,掌上一颗明珠剖⑥。有令容淑质,归逢佳偶⑦。到如今,昼锦满堂贵胄⑧。　　荣耀,文步紫禁⑨,一一金章绿绶⑩。更值棠棣连阴⑪，虎符熊轼⑫，夹河分守⑬。况青云咫尺⑭，朝暮重入承明后⑮。看彩衣争献，兰羞玉酎⑯。祝千龄，借指松椿比寿⑰。

注释

① 这是一首寿词,寿者是一位高门贵妇。全词通篇用典,字斟句酌,遣词造句富贵华丽,暗示出寿者的身份地位。
② 微寒应候:是说寿者出生时天气尚寒,正应节候。
③ "望日边"句:是说远望天边,蓂(míng 明)荚初次长了六片叶子。意指生日在正月之初六。阶蓂,瑞草名,夹阶而生,即蓂荚。《白虎通·符瑞》:"蓂荚者,树名也,月一日一荚生,十五日毕,至十六日荚去。故夹阶而生,以明日月也。"所以看荚数多少,就可以知道是何日。初秀,初次长出。秀,出也。以上三句,说明做寿者的生日是在正月初六。
④ "爱景"句:意谓即将旭日东升。爱景,和煦的阳光。爱,通"暖"。《乐府诗集·燕射歌辞三·群臣酒行歌》:"玉墀留爱景,金殿蔼祥烟。"扶桑,神话中的树木名。也指日升之处。《山海经·海外东经》:"汤谷上有扶桑。"郭璞注:"扶桑,木也。"
⑤ 漏残银箭:意指正当黎明时分。漏,即漏壶,古代计时器,铜制有孔,可以滴水,有刻度标志以计时间,简称"漏"。银箭,漏壶下用以指示时刻之物,又称箭刻。漏残银箭意味着漏水将

尽,天就要亮了。杓(biāo标)回摇斗,意谓斗柄东回,春天来到。杓,北斗第五、六、七颗星的名称,又称斗柄。以上三句写出了寿者出生的季节在初春,时间是在黎明时分。

⑥ "庆高闳"二句:在一个显赫的家庭中,寿者出生了,举家庆贺,并被全家视为掌上明珠般宝贵。高闳,高大的门。亦指显贵门第。苏轼《求婚启》:"敢凭良妁,往款高闳。"明珠:比喻受父母疼爱的儿女,特指女儿。典出《梁书·刘孺传》:"孺幼聪敏,七岁能属文……叔父瑱为义兴郡,携以之官,常置坐侧,谓宾客曰:'此儿吾家之明珠也。'"因以"明珠"誉称小儿女,后世特指女儿。剖,指孩子出生。从这两句看,寿者系女子。

⑦ "有令"二句:寿者有美好的容貌和娴淑的人品,又嫁给好的配偶。令,美好,善。归,女子出嫁。

⑧ "到如今"二句:谓寿者如今富贵显赫且儿孙满堂。昼锦,原意谓贵显后还乡。《汉书·项籍传》:"富贵不归故乡,如衣锦夜行。"贵胄(zhòu宙),贵族的后代。

⑨ "荣耀"二句:意谓多么荣耀啊,寿者府上文采出众,已然进入朝廷中枢,得以出入皇宫。紫禁,以紫微星垣比喻皇帝的居处,故称皇宫为紫禁。谢庄《宋孝武宣贵妃诔》:"掩彩瑶光,收华紫禁。"李善注:"王者之宫,以象紫微,故谓宫中为紫禁。"

⑩ "一一"句:寿者的家族中如今都是高官。金章绿绶,汉代相国、诸侯王佩金印绿绶。金章,以金为印章。绿绶,绶指系印

柄的丝带,绿绶指绿綟绶(lì shòu 力受),意为一种黑黄而近绿色的丝带,古代三公以上用绿綟色绶带。《陈书·高祖纪上》:"其进位相国,总百揆,封十郡为陈公,备九锡之礼,加玺绂、远游冠、绿綟绶,位在诸侯王上。"

⑪ 棠棣连阴:意谓兄弟皆有惠政。棠棣,指兄弟。《诗·小雅·棠棣》序:"棠棣,燕兄弟也。"连阴,《诗·召南·甘棠》谓周时召伯巡行南国,曾在甘棠树阴下听讼断案,后人思之,不忍伐其树。故以棠阴喻政绩。

⑫ 虎符熊轼:意谓手中都掌有兵权。虎符,铜铸的虎形兵符,背有铭文。作为古代调兵遣将的信物,分为两半,右半留京师,左半授予统兵将帅或地方官吏。调兵时由使臣持符验合方能生效。详见《史记·信陵君列传》。熊轼,伏熊形的车前横木,因以指代有熊轼的车,古时为显宦所乘,后用以指公卿和地方长官。

⑬ 夹河分守:意谓寿者有二子皆为郡守。《汉书·杜周传》:"始周为庭史,有一马。及久任事,列三公,而两子夹河为郡守,家訾累巨万矣。"

⑭ 青云咫尺:寿者的儿子很快会高升。青云,高官。咫尺,一步之遥。

⑮ "朝暮"句:寿主的两个儿子不久将成为皇帝身边的高官。朝暮,言时间很短。承明,原为著述之所,此指皇帝侍从所居之处。

⑯ "看彩衣"二句:此处指寿者之子为母祝寿,像春秋时的老莱

子一样孝顺母亲,并献上美酒佳肴。彩衣,原指春秋时老莱子七十岁还在父母面前穿花衣服,学小儿哭啼以娱亲。《艺文类聚》卷二十引《列女传》:"老莱子孝养二亲,行年七十,婴儿自娱,着五色彩衣。尝取浆上堂,跌仆,因卧地为小儿啼。"兰羞,指香美的食品。玉酎(zhòu 宙),指复酿的醇美之酒。

⑰ 松椿比寿:祝寿之辞。《诗·小雅·天保》中有"如松柏之茂"等祝词。《庄子·逍遥游》中以大椿比岁,说:"上古有大椿者,以八千岁为春,八千岁为秋。"因此古人认为松椿为最长寿的两种树。此处均有所取意。比寿,齐寿。

永遇乐①

落日镕金②,暮云合璧③,人在何处④?染柳烟浓,吹梅笛怨,春意知几许⑤?元宵佳节,融和天气,次第岂无风雨⑥。来相召、香车宝马,谢他酒朋诗侣⑦。　　中州盛日,闺门多暇,记得偏重三五⑧。铺翠冠儿⑨,捻金雪柳⑩,簇带争济楚⑪。如今憔悴,风鬟霜鬓,怕见夜间出去⑫。不如向、帘儿底下,听人笑语⑬。

注释

① 永遇乐:词牌名。又名《永遇乐慢》《消息》。始见柳永《乐章集》。《永遇乐》原是宋代的宫廷乐,周密《武林旧事》卷一在"圣节"下列"天基圣节"庆典,天基圣节是皇帝诞辰,此谓为皇帝祝寿的仪式,其所奏乐中有"觱篥起《永遇乐慢》"。可见《永遇乐慢》原是用于祝寿等喜庆场合的宫廷音乐,后传入民间,遂被文人用为词调。最早由柳永创调,为双调仄韵,共一百零四字。《钦定词谱》卷三十二载:"《永遇乐》有平韵、仄韵两体。"自柳永创《永遇乐》仄韵体,此调在北宋均押仄韵。南宋时,陈允平填此调改押平韵。

　　这首词是李清照晚年的伤今追昔之作。当作于宋高宗绍兴六年(1136)后,作者流寓临安(今浙江杭州)之时。词中主要采用鲜明的对比手法,表现深刻的思想内容。一是今昔之比,以北宋盛时在汴京过元宵佳节的盛况与年轻时的欢乐心情,对比南宋偏安临安下元宵节寓居异乡的愁苦与家破人亡的憔悴,抒发深沉的故国之思、乱离之恨;二是自己与他人的对比,上片与乘坐"宝车香马"的"酒朋诗侣"相比,在众人乐不思蜀、恣意纵欢时,词人却谢绝相召,以"次第岂无风雨"的预测,暗示对宋与金之间战和难料的多变时局的忧虑。结尾更是以藏身帘下与听到的"笑语"作比,通过国难当头时的不同表现,表达了深刻的忧患意识,和对南宋苟且偷安、醉生梦死的不满与批判。故此词自问世后,即引起无数爱国人士的赞许和共鸣。宋代刘辰翁《须溪词》中说:"余自乙亥上元诵李易安《永遇乐》,为之涕下。今三年矣,每闻此词,辄不自堪。遂依其声,又托之易安自喻,虽辞情不及,而悲苦过之。"

② 落日镕金:落日像熔化的金子那般灿烂绚丽。镕,同"熔"。

③ 暮云合璧:傍晚时分云气升腾,连成一片,如合在一起的美玉。璧,圆形而中间有孔的美玉。

④ 人在何处:意谓临安的景致如此美好,可却不是我的故乡,如今我又置身于何地啊!词人触景生情,思念北方的故乡。此处暗用东晋"新亭之叹"的典故,据《世说新语·言语》载:"过江诸人,每至美日,辄相邀新亭,藉卉饮宴。周侯中坐而叹曰:'风景不殊,正自有山河之异!'皆相视流泪。唯王丞相愀然变色曰:'当共戮力王室,克复神州,何至作楚囚相对?'"

⑤ "染柳"三句:春风中飘拂的柳枝如烟似雾,被染成浓郁的绿色;羌笛吹出《梅花落》哀怨的曲调,到处显露出点点春意。"染柳烟浓,吹梅笛怨"均为倒装句式。吹梅笛怨,即"笛吹梅怨",汉乐府横吹曲有笛中曲《梅花落》,曲调幽怨。

⑥ "元宵佳节"三句:在这元宵佳节,天气已经变得和暖,可是,怎能知道不会转眼间天气突变,有风雨出现?元宵,阴历正月十五日晚上。融和,天气和暖。次第,转眼之间。

⑦ "来相召"三句:朋友们乘坐华美的车马,邀我同去饮酒作诗,都被我婉言谢绝了。

⑧ "中州"三句:记得在汴京繁盛的岁月,自己在闺中有许多闲暇的快乐时光,特别看重这正月十五。中州盛日,指国都在汴梁,国家还处于昌盛时。中州,即中土、中原。这里指北宋的都城汴京,今河南开封。闺门,闺房。多暇,既指有很多闲

暇的时光,又指心境悠闲。偏重,特别看重。三五,指每月十五日。在此专指正月十五元宵节。

⑨ 铺翠冠儿:以翡翠羽毛为装饰的帽子。宋高宗时曾下禁用"销金铺翠"之令,以提倡节俭之风,但政令并未得到实行,王十朋进言:"尝有铺翠之禁,而以翠羽为首饰者自若,是岂法令不可禁乎?"(见《宋史·王十朋传》)

⑩ 捻金雪柳:宋代元宵时妇女的妆饰。捻(niǎn),搓。捻金作线状以制作头饰。雪柳,是宋时妇女在元宵节赏玩时头上所戴雪白如柳叶之头饰,多以素绢和银纸做成。陈元靓《岁时广记》卷十一载:"又卖玉梅、雪梅、雪柳、菩提叶及蛾、蜂儿等,皆缯楮为之。"《宣和遗事·十二月预赏元宵》:"京师民有似云浪,尽头上戴着玉梅、雪柳、闹蛾儿,直到鳌山下看灯。"亦见辛弃疾《青玉案》:"蛾儿雪柳黄金缕,笑语盈盈暗香去。"

⑪ "簇带"句:谓个个争着打扮得齐整美丽。簇带,插带,宋时俗语。簇有聚集之意。带,即戴,加在头上谓之戴。争,比赛、竞争。济楚,美好、齐整。以上三句都是回忆盛时元宵节的热闹景象。

⑫ "如今"三句:自己如今容颜憔悴,头发凌乱,两鬓如霜,既怕和花枝招展的人们相比,也懒得夜间出去。风鬟(huán 环):指女子头发蓬松,如被风吹过般零乱无形。怕见,怕得,懒得。见,犹"得"。

⑬ "不如"二句:不如藏身在帘儿的底下,听一听别人的欢声笑语。此写因乱离而憔悴的词人早已没有了旧日的兴致,只有孤苦与凄凉相伴。

辑评

宋·张炎云：昔人咏节序，不惟不多；付之歌喉者，类是率俗，不过为应时纳祜之声耳。所谓清明"拆桐花烂熳"、端午"梅霖初歇"、七夕"炎光谢"，若律以词家风度，则皆未然。岂如周美成《解语花·赋元夕》云（略），史邦卿《东风第一枝·赋立春》云（略）……如此等妙词颇多。不独措词精粹，又且见时序风物之盛、人家宴乐之同，则绝无歌者。至如李易安《永遇乐》云"不如向、帘儿底下，听人笑语"，此词亦自不恶。而以俚词歌于坐花醉月之际，似乎击缶韶外，良可叹也。（《词源》卷下）

宋·张端义云：易安居士李氏，赵明诚之妻。《金石录》亦笔削其间。南渡以来，常怀京洛旧事。晚年赋元宵《永遇乐》词云"落日熔金，暮云合璧"，已自工致。至于"染柳烟浓，吹梅笛怨，春意知几许"，气象更好。后叠云"于今憔悴，风鬟雾鬓，怕见夜间出去"，皆以寻常语度入音律，炼句精巧则易；平淡入调者难。……山谷谓以故为新、以俗为雅者，易安先得之矣。（《贵耳集》卷上）

明·杨慎云：辛稼轩词"泛菊杯深，吹梅角暖"，盖用易安"染柳烟浓，吹梅笛怨"也；然稼轩改数字更工，不妨袭用。不然，岂盗狐白裘耶？（《词品》卷二）

明·胡应麟云：辛、李皆南渡前后人，相去不远；又二人皆词手，安得谓辛剽李语乎？（《少室山房笔丛》卷二十一）

明·徐士俊云：（眉批）辛词"泛菊杯深，吹梅角暖"，与易安句法同。（《古今词统》卷十二）

清·吴梅云：大抵易安诸作，能疏俊而少沈着。即如《永遇乐》元宵词，人咸谓绝佳。此事感怀京洛，须有沉痛语方佳。词中如"于今憔悴，风鬟雾鬓，怕向花间重去"，固是佳语，而上下文皆不称。上云"铺翠冠儿，捻金雪柳，簇带争济楚"；下云"不如向帘儿底下，听人笑语"，皆太质率，明者自能辨之。(《词学通论》)

清·沈雄云：李易安"被冷香消新梦觉，不许愁人不起"，又"于今憔悴，风鬟霜鬓，怕见夜间出去"，杨用修以其寻常语度入音律，殊为自然。(《古今词话·词品》卷下)

清·纪昀云：……张端义《贵耳集》极推其元宵词《永遇乐》、秋词《声声慢》，以为闺阁有此文笔，殆为间气，良非虚美。虽篇帙无多，固不能不宝而存之，为词家一大宗矣。(《四库全书总目提要·集部词曲类一》)

清·谢章铤云：……柳屯田"晓风残月"，文洁而体清；李易安"落日""暮云"，虑周而藻密。综述性灵，敷写气象，盖骎骎乎大雅之林矣。(《赌棋山庄集·词话卷三》)

添字采桑子①

芭　蕉

窗前谁种芭蕉树？阴满中庭②。阴满中庭。叶叶心心，舒卷有余情③。　　伤心枕上三更雨，点滴霖霖④。点滴霖霖。愁损北人,不惯起来听⑤。

注释

① 添字采桑子:词牌名。一作《添字丑奴儿》。《采桑子》《丑奴儿》同调而异名。"添字",是唐宋曲子词中的术语。古人依谱填词,字有定数。若要变旧曲为新声,需增减字数。这时,词牌上写入"添字"或"减字"加以说明。

  靖康之变后,宋室南迁,词人亦追随宋室的脚步,成了南渡中的一员。一路的颠沛流离让词人格外思念家乡,渴望朝廷早日收复大好河山。这首词就是借所咏之芭蕉,将词人的思乡之情委婉曲折地表达出来。上片从视觉角度绘芭蕉之形,写词人触景生情;下片从听觉角度状雨打芭蕉,点点滴滴连绵不断,使本就辗转难眠的词人更增失去故土的伤感和复国无望的深愁。全词既托物寓意,又情景交融,写得含蓄隽永,语浅情深。

② "窗前"二句:言芭蕉树身高大,树冠繁茂,树荫遮盖了整个庭院。中庭,即庭院。

③ "叶叶"二句:芭蕉树阔大的叶子一片连着一片在空中伸展开来,织成满院的绿荫,似为人多情地遮蔽着庭院;而叶片中间的一个个蕉心则精致地卷缩着,似乎也蕴含着深情。舒卷,描写芭蕉树叶和蕉心或舒或卷的状态。舒,伸展、张开的意思,形容芭蕉叶。卷,形容芭蕉心。

④ "伤心"二句:言词人满怀愁情,辗转难眠,三更时分偏又下起

添字采桑子（窗前谁种芭蕉树）

了雨,雨打芭蕉,点点滴滴,连绵不断,声声如敲打着词人的心扉,更觉伤心无限。霪霪(yín 寅),连绵之雨,雨过三日为霖,过十日为霪。此处指雨连绵不断,滴滴答答下个不停。

⑤ "愁损"二句:我一个北方人,实在听不惯江南这惹人愁绪的雨声,然而这雨声又挥之不去,只好披衣起来,捱过这苦雨缠绵的夜晚。愁损,愁坏了。损,形容身体与精神因为过度的愁苦而受到伤害。北人,李清照家乡在长江以北的山东济南,因此在南渡后自称"北人"。

辑评

徐培均云:此为李清照初到江南不久之作,观歇拍可知。因其初到,故对雨打芭蕉之声尚感陌生。若已住久,则无此感矣。案:清照于建炎二年(1128)春南渡至江宁,不久为江南梅雨季节,乍听殊不惯,因作此词。(《李清照集笺注》)

浣溪沙①

绣面芙蓉一笑开②。斜飞宝鸭衬香腮③。眼波才动被人猜④。　一面风情深有韵⑤,半笺娇恨寄幽怀⑥。月移花影约重来⑦。

注释

① 王仲闻在《李清照集校注》中列为存疑篇目。作者采用生活化的场景和细节,在词中刻画了一个纯真美丽而又敢于大胆追求爱情的少女形象。上片描写少女在心仪的男子面前,情窦初开,美目流盼,娇羞地掩饰着心中的秘密;下片写少女以书信传情,深情约会心上人。

② "绣面"句:形容精心修饰过的女子的容颜极其美丽,如同盛开的荷花。绣面,唐宋以前妇女面额及颊上均贴纹饰花样。芙蓉,即荷花。此指女子容颜如花。白居易《长恨歌》:"芙蓉如面柳如眉,对此如何不泪垂。"

③ "斜飞"句:鸭形的香炉中有袅袅的香烟升起,映衬着坐在香炉前的少女娇艳的面庞。斜飞宝鸭,鸭状的香炉,香烟倾斜着升起。李清照《浣溪沙》有"玉鸭熏炉闲瑞脑"句。一说宝鸭指古代女子两颊所贴鸭形图案,可参敦煌壁画供养人之妇女绘画,但在其他诗文中以宝鸭称面饰者尚未发现。香腮,指女子青春娇艳的面庞。温庭筠《菩萨蛮》:"小山重叠金明灭,鬓云欲度香腮雪。"

④ 眼波句:形容女子如水波般清澈的目光,在流转之际传递着深情,惹人猜想。才动,言眼波一动。

⑤ "一面"句:写沉浸在爱情中的少女面容饱含着脉脉深情,自有一种动人的韵味。一面,满脸。风情,男女之间互相爱慕的感情。韵,风情、韵味。

⑥ "半笺"句:美丽的少女以书信传情,表达自己的娇嗔和幽怨,

大胆地向情人发出约会的邀请。笺(jiān):小幅华贵的纸张,古时用以题咏或写书信。亦指信笺、诗笺。幽怀,深藏的隐秘的感情。

⑦"月移"句:两人约好在花间月下重聚。

辑评

　　明·赵世杰云:摹写娇态,曲尽如画。(《古今女史》卷十二)

　　清·沈谦云:"眼波才动被人猜"……传神阿堵,已无剩美。(《填词杂说》)

　　清·贺裳云:词虽以险丽为工,实不及本色语之妙。如李易安"眼波才动被人猜"……观此种句,觉"红杏枝头春意闹"尚书,安排一个字,费许大气力。(《皱水轩词筌》)

　　清·吴衡照云:易安"眼波才动被人猜",矜持得妙;淑真"娇痴不怕人猜",放诞得妙,均善于言情。(《莲子居词话》卷二)

丑奴儿①

　　晚来一阵风兼雨,洗尽炎光②。理罢笙簧③,却对菱花淡淡妆④。　　绛绡缕薄冰肌莹⑤,雪腻酥香⑥。笑语檀郎,今夜纱橱枕簟凉⑦。

注释

① 此词作者一说为康与之。唐圭璋在《全宋词》"李清照词"中列为存目。王仲闻在《李清照集校注》中列为存疑篇目。

　　这首词描写了夏季雨后，暑热尽消，词人与夫婿情意款款、琴瑟和谐的生活，塑造了一位娇俏妩媚的新婚女子形象。

② "晚来"二句：傍晚时分的一阵风雨，洗去了白日里骄阳似火下的炎热，迎来了清爽凉快的夜晚。

③ "理罢"句：在凉爽的晚上，拿起笙吹奏了一支乐曲。理，奏起。嵇康《琴赋》："理正声，奏妙曲。"卓英英《理笙》诗："频倚银屏理凤笙，调中幽意起春情。"笙簧，笙是一种管乐器。簧指笙管内部的发声薄片。

④ "却对"句：谓一曲方罢，转身又对着镜子轻施淡妆。菱花，指菱花镜。古代铜镜，背面刻有菱花者名菱花镜。《赵飞燕外传》："飞燕始加大号婕妤，奏上三十六物以贺，有七尺菱花镜一奁。"杨凌《明妃怨》诗："匣中纵有菱花镜，羞对单于照旧颜。"妆，梳妆打扮。

⑤ "绛绡"句：大红色的绡衣织得非常轻薄，透过衣服隐约可看到女子如冰似玉般光洁莹润的肌肤。绛，大红色。绡(xiāo 消)：生丝织成的薄纱、细绢。缕，丝缕。

⑥ 雪腻酥香：言肌肤白皙细腻如雪，并且散发出香气。

⑦ "笑语"二句：女子娇笑着对丈夫说道："今晚雨后的纱帐里，枕席一定很凉爽。"檀郎：晋代潘岳是有名的美男子，小名檀奴，所以过去时常以"檀郎"或"檀奴"为夫婿或所爱男子的美

称。檀,喻其香也。纱橱,此处指床上挂的纱帐。枕簟,枕头和席子,泛指卧具。

殢人娇①

后亭梅花开有感

玉瘦香浓②,檀深雪散③。今年恨、探梅又晚④。江楼楚馆,云闲水远⑤。清昼永,凭阑翠帘低卷⑥。

坐上客来,尊前酒满。歌声共、水流云断⑦。南枝可插,更须频剪。莫直待、西楼数声羌管⑧。

注释

① 殢(tì)人娇:词牌名,又名《恣逍遥》。这首词最早见录于宋人黄大舆的《梅苑》卷九,未写作者。明代陈耀文收入《花草粹编》卷十四,署名作者李易安,清人赵万里辑《漱玉词》,将其收录其中,清代《历代诗余》卷四十三作李清照词。唐圭璋在《全宋词》中列为存目。王仲闻在《李清照集校注》中列为存疑篇目。

　　此词从遗憾"探梅又晚",引出"花开堪折直须折"的感慨,隐隐传达出唯恐年华老去、容颜改变而深情被辜负的隐忧,构思可谓别具匠心。

② 玉瘦香浓:指曾经晶莹似玉的梅花如今虽然大都败落,却依然散发着芬芳。

③ 檀深雪散:绛色的梅花颜色已深,白梅花的花瓣散落在地上,梅花花时已过。檀,浅绛色。雪,白色。皆以颜色指代梅花。

④ "今年恨"句:遗憾的是今年又错过了赏梅的最佳时机。探梅,察看梅花的消息,即赏梅。杨万里《普明寺见梅》诗:"城中忙失探梅期,初见僧窗一两枝。"

⑤ "江楼"二句:写赏梅的地点与景致。在长江之滨、古楚之地,座座亭台楼馆周围,一树树梅花竞相开放;放眼望去,梅树之上,白云悠闲地飘浮在蓝天,梅树之畔,江水碧波荡漾奔向远方。江楼楚馆,泛指临江的亭台楼阁。楚馆,古代亦称歌舞之所。

⑥ "清昼"二句:在这冷清而漫长的白天,词人在楼阁上倚栏远望,低低卷起翠绿的帘幕,欣赏楼旁的梅花。清昼,冷清的白天。永,漫长。凭阑,倚栏。

⑦ "坐上"三句:写与朋友相聚,饮酒赏梅。众人满斟美酒,开怀畅饮,席间引吭高歌,歌声响亮而悠长,上遏白云,下随流水,在天地间扩展。尊前,在酒樽之前,指酒筵上。

⑧ "南枝"三句:意谓南枝遍开,正好插戴,但更需要及时地摘剪,不要等到满地残花之时空留遗憾。南枝,朝南的枝头。因向阳温暖而梅花先开,亦借指梅花。羌管,指羌笛,古代西域羌族的一种管乐器。此处以"数声羌管"特指笛曲《梅花

落》,曲声凄凉悲怨。词人借梅花易落比喻韶华易逝,劝人惜花爱花,勿负花期,莫让有情人空自嗟叹。

怨王孙①

梦断漏悄②。愁浓酒恼③。宝枕生寒,翠屏向晓④。门外谁扫残红?夜来风⑤。 玉箫声断人何处⑥?春又去,忍把归期负⑦。此情此恨,此际拟托行云,问东君⑧。

注释

① 此词最早见收于南宋何士信编《草堂诗余》卷一,作者署李易安。其后明代《花草粹编》卷十、清代《历代诗余》卷二十五都署名作者为李清照。唐圭璋在《全宋词》中列为存目。但此词作者又有作无名氏者。王仲闻在《李清照集校注》中将这首词列为存疑篇目。

暮春时节,春将尽而花已残,凋零的花儿最终又被无情的风吹得无影无踪,此一番情景触动词人芳年将逝之担忧、爱人不归之幽怨,遂有此哀怨之辞。此词有解说为"悼亡"者,然据词中"忍把归期负"之语,词人似仍在等待丈夫的归来,故系此词于政和七年(1117)至宣和三年(1121)间。此前赵明诚因遭蔡京诬陷,被追夺赠官,全家被遣还乡,清照曾与赵明诚在青州"屏居乡里十年"。大约在政和七年(1117)前后,赵明诚再度离家,开始为仕途奔波。李清照则依然留在青州老家,夫妻两人有一段较长时间的分离生活。直至宣和三年(1121),赵明诚知莱州时夫妻才得以团聚。在赵明城离开青州重返仕途时,作者曾作《凤凰台上忆吹箫》,抒写与丈夫的离别之苦及别后相思之情,此作又言"玉箫声断人何处"及"春又去"云云,应为别离后所作。词牌选《怨王孙》亦当有怨离之意。

② 梦断漏悄:梦醒时分,漏壶里的水滴完了,漏声渐渐消失,天快要亮了。漏,古代的计时器。

③ 愁浓酒恼:尚未消散的酒意又在撩拨着愁苦人的烦恼。恼,撩拨。

④ "宝枕"二句:辗转枕席上,感觉枕头渐生寒意;天色已晓,翠绿的屏风之上,已有晨光在闪耀。宝枕,华美的枕头。翠屏,青绿色的屏风,一说用翠羽装饰的屏风。向晓,拂晓。

⑤ "门外"二句:门外曾落红满地,一夜之间是谁将这些凋零的花儿扫去了?一定是昨夜的风吧。残红,落花。

⑥ "玉箫"句:箫声不再,那善于吹箫的萧史哪里去了呢?此处词人用萧史指代所思念之人赵明诚。汉·刘向《列仙传》载,春秋时,秦穆公的女儿弄玉与萧史相爱而结婚。萧史善吹箫,每日教弄玉吹箫,箫声似凤鸣,引来了凤凰,秦穆公为他们建凤台而居。一日萧史与弄玉双双随凤凰飞升而去。

⑦ "春又去"二句：又一个春天将逝，曾说好的归期，你仍然没有回来，你怎么能忍心辜负我一年年的等待之情呢？
⑧ "此情"三句：言自己这望夫归来的一片痴情，这久盼不归的满心怨恨，无法可解，在这一时刻，只有托付给天边的行云，让它去问问东方的日神了。拟，准备，打算。托，托付，委托。行云，流云。东君，指太阳神，因太阳从东方升起，故称。后亦指代司春之神。此三句极妙，痴人痴语，亦是情语。盖词人与所思念之人约定春天是归期，而此时春将尽而人未归，词人只好托付给天际的流云，请求春神将春天多留驻一些日子。由此可见其盼归之切。

辑评

明·董其昌云：此词形容春暮，语意俱到。（《便读草堂诗余》卷三）

明·茅暎云：此词稍平，然终无伧父气。（《词的》卷二）

明·李廷机云：形容日暮，情词俱到。以风扫残红，妙在此句。（《草堂诗余评林》卷一）

明·李攀龙云：风扫残红，何等空寂。一结无限情恨，犹有意味。写情写意，俱形容春暮时光。（《草堂诗余隽》卷二）

明·沈际飞云：通篇四换韵，有兔起鹘落之致。"春又去"，接递妙。（《草堂诗余正集》卷一）

清·黄苏云：两句三叠"此"字，亦复流丽婀娜。东君，司春之神。（《蓼园词选》）

浪淘沙①

帘外五更风,吹梦无踪②。画楼重上与谁同③?记得玉钗斜拨火,宝篆成空④。　　回首紫金峰,雨润烟浓⑤。一江春浪醉醒中⑥。留得罗襟前日泪,弹与征鸿⑦。

注释

① 此词收入明人陈耀文编《花草粹编》卷九,署名"幼卿",且题目为"感旧"。清人朱彝尊所编《词综》卷二十五以及康熙四十六年编定的《历代诗余》卷二十六均作李清照词。唐圭璋在《全宋词》中列为存目。王仲闻在《李清照集校注》中将这首词列为存疑篇目。

　　据词中"回首紫金峰"等句的描写,此词当作于靖康之难后清照在建康(今江苏南京)时。靖康二年(1127),北宋亡。是年五月,高宗即位于南京应天府之正厅,改元建炎。七月,赵明诚起复知江宁府,兼江东经制副使,八月至任。年底清照自青州赴江宁。建炎三年(1129)二月,明诚罢知建康府。三月,夫妇备办舟船,本欲"卜居赣水上"(《金石录后序》),后安家于池阳。不久明诚被旨知湖州,冒大暑驰马往建康朝见高宗,途中感疾。七月末,清照闻明诚病重赶赴建康探视。八月十八日,明诚卒于建康。葬毕,清照"又大病,仅存喘息"

(《金石录后序》)。据词中追忆往事,怀人伤情的内容看,此词作于明诚故后,是一首悼亡词。

② "帘外"二句:天之将明,帏帘外吹来阵阵凉风,惊醒了梦中的词人,与明诚团聚的梦中情景,顿时了无踪影。五更,旧时自黄昏至拂晓一夜间,分为甲、乙、丙、丁、戊五段,谓之"五更"。又称五鼓、五夜。此特指第五更的时候,即天将明时。此句言风声吹破美梦,借用了南唐后主李煜《浪淘沙》词的意境:"罗衾不耐五更寒。梦里不知身是客,一晌贪欢。"

③ "画楼"句:昔日画楼里曾留下多少美好回忆,如今想要重登画楼,可有谁陪我一起登上呢?画楼,雕饰华丽的楼阁。

④ "记得"二句:忆及北宋盛时与明诚一起度过的闲逸安乐的日常时光。夫妻炉前闲话,诗词唱和,时间长了,篆香成灰,自己用玉钗轻轻拨去香灰。玉钗拨火,因篆香燃烧后有香灰,会阻碍篆香继续燃烧,故用玉制的发钗将香灰拨开。宝篆,即篆香,状似篆文的盘香,点燃可用来计测时间。亦作熏香的美称。黄庭坚《画堂春》词:"宝篆烟消龙凤,画屏云锁潇湘。"详注见前《满庭芳》(小阁藏春)。

⑤ "回首"二句:远望中的紫金峰,在雨后显得格外润泽青翠,云烟缭绕,笼罩着山峰。紫金峰,即钟山,形似盘曲的巨龙,位于南京市玄武区。

⑥ "一江"句:长江从建康城穿过,词人远望江水而激起心潮如浪。身世飘零的孤独与惆怅,使词人精神恍惚,时而如醉,时而又醒,自己竟不知是在醉中还是醒中。

⑦"留得"二句:罗衣前襟浸透了以前的岁月中流下的无数伤心泪,当远飞的大雁飞过时,词人想把这凝聚着亡国之恨与身世之悲的血泪,挥洒给北去的大雁,让它带去自己对故乡深深的思念。弹,挥洒(泪水)。欧阳炯《菩萨蛮》词:"特地气长吁,倚屏弹泪珠。"晏几道《虞美人》词:"远弹双泪惜香红。暗恨玉颜光景、与花同。"征鸿,远行的大雁。

辑评

明·钱允治云:此词极与后主相似。(《续选草堂诗余》卷上)

明·沈际飞云:"吹梦"奇。幻想异妄。(《草堂诗余续集》卷上)

明·卓人月云:雁传书事化得新奇。(《古今词统》卷七)

清·陈廷焯云:易安《卖花声》云:"帘外五更风,吹梦无踪。画楼重上与谁同?记得玉钗斜拨火,宝篆成空。 回首紫金峰,雨润烟浓,一江春浪醉醒中。留得罗襟前日泪,弹与征鸿。"凄艳不忍卒读,其为德父作乎?(《白雨斋词话》)

清·况周颐云:玉梅词隐云:前《孤雁儿》云:"吹箫人去玉楼空,肠断与谁同倚,一枝折得,人间天上,没个人堪寄。"此阕云"画楼重上与谁同,记得玉钗斜拨火,宝篆成空",皆悼亡词也。其清才也如彼,其深情也如此。玉壶晚节之诬,忍令斯人任受耶?(况周颐《漱玉词笺》引)

浪淘沙①

素约小腰身,不奈伤春②。疏梅影下晚妆新③。袅袅娉娉何样似? 一缕轻云④。　　歌巧动朱唇,字字娇嗔⑤。桃花深径一通津⑥。怅望瑶台清夜月,还送归轮⑦。

注释

① 此词清代编定的《历代诗余》卷二十六署作李清照词。唐圭璋在《全宋词》中列为存目,王仲闻在《李清照集校注》中将此词列为存疑篇目。

　　这是首闺情词,上阕写就一个娇俏婀娜的美少女,下阕抒发少女青春萌动的轻愁,意境朦胧,语言清丽。

② "素约"二句:美丽的女子腰身圆细,娇小苗条,似经受不住春天将逝带来的无限伤感。素约,犹约素,形容女子腰身圆细美好,宛如紧束的白绢。曹植《洛神赋》:"肩若削成,腰如约素。"李善注:"约素,谓圆也。"不奈,不堪。

③ "疏梅"句:清空朗月,梅枝疏俊,少女从梅影下款款走过,娇美的面容上画着精致的晚妆。

④ "袅袅"二句:女子走路时体态轻盈,腰肢柔软,婀娜多姿,如同一抹云彩轻轻地飘过。袅(niǎo鸟)袅娉(pīng)娉,形容女子走路时体态的轻盈柔美。袅袅,轻盈纤美的样子。娉娉,美好貌。

⑤ "歌巧"二句：女子启唇歌唱，歌声婉转动听，边唱边作出佯装生气的表情，惹人怜爱。朱唇，红唇。娇嗔(chēn)，佯装生气的娇态。嗔，生气，对人不满，怪罪。五代无名氏《菩萨蛮》词："一面发娇嗔，碎挼花打人。"

⑥ "桃花"句：路旁的桃花开得正盛，桃树下一条幽深的小路一直通到渡口。此句言送别。津，渡口。

⑦ "怅望"二句：离别后，女子惆怅地遥望明月，看着月亮缓缓西沉。怅望，怅然怀想。瑶台，传说中神仙的住处。《离骚》："望瑶台之偃蹇兮，见有娀之佚女。"归轮，指月亮西沉。

辑评

《古今词话》："约"字清妙，远胜"束"字。（明·陈耀文《花草粹编》卷五引）

明·沈际飞云："不奈""娇嗔"，的确，描就一个娇娃。（《草堂诗余续集》卷上）

青玉案①

征鞍不见邯郸路，莫便匆匆归去②。秋风萧条何以度③？明窗小酌，暗灯清话，最好留连处④。

相逢各自伤迟暮。犹把新诗诵奇句⑤。盐絮家风人所许⑥。如今憔悴,但余衰泪,一似黄梅雨⑦。

注释

① 青玉案:词牌名。取汉代张衡《四愁诗》中"美人赠我锦绣段,何以报之青玉案"句而得名。另名《横塘路》《青莲池上客》《西湖路》等。这首词明代陈耀文收入《花草粹编》卷十四,署名作者李易安,清代编定的《历代诗余》与《钦定词谱》均作李清照词。唐圭璋在《全宋词》中列为存目。王仲闻在《李清照集校注》中列为存疑篇目。

  此词旧题作送别,送别之人当为其弟。李清照晚年在杭州居住,其弟李迒,曾任敕局删定官,清照曾欲依附其弟,然其弟奔波于仕途,二人时聚时散,此词似与弟晚年相逢所作。二人忆及当年备受世人赞许的"盐絮家风",感慨乱后的憔悴衰落,各伤迟暮,无限凄凉。

② "征鞍"二句:谓远行之人不要忙于踏上仕途之路,而匆匆归去。征鞍,征马,远行之人所骑的马,此处代指远行之人。邯郸路,指仕途之路,典出唐代沈既济传奇小说《枕中记》。《枕中记》载,卢生在邯郸客店中遇道士吕翁,用其所授瓷枕,睡梦中历数十年富贵荣华。及醒,店主炊黄粱未熟。邯郸,战国时赵国首都,秦置郡,故治在今河北。

③ "秋风"句:言时下秋风萧瑟,天气转寒,你和我将怎样度过这萧条的秋季呢?萧条,衰败无生机。

④ "明窗"三句:劝说行者最好留下来,白天两人可以把酒言欢,晚上则可围坐灯下清谈叙旧。留连处,此指延留逸乐之处。

⑤ "相逢"二句:言此次相逢,两人都慨叹时光无情,如今均已是暮年。然而感伤之余,词人仍手执新作的诗篇,吟诵出奇妙的佳句。迟暮,以日之将落来形容人之年迈,指人的晚年、暮年。把,拿在手中。

⑥ "盐絮"句:回忆二人出自一个文学氛围浓厚的文章世家,当年谈诗论文的家风曾为世人所赞许。盐絮家风,即谈诗的家风,这是用谢道韫的典故。道韫,东晋宰相谢安的侄女,安西将军谢奕之女,王凝之妻,聪识有文才。《晋书·列女传·王凝之妻谢氏》载,谢安侄女道韫,才思敏捷,家人曾聚集一堂,正值下大雪,谢安曰:"白雪纷纷何所似?"谢安之兄子谢朗曰:"撒盐空中差可拟。"道韫曰:"未若柳絮因风起。"谢安十分赞赏。(又见《世说新语·言语》)许,称许,赞许。

⑦ "如今"三句:如今年华老去,容颜衰老,念此唯泪流不止,如绵绵不绝之梅雨。黄梅雨,又称"梅雨",江南地区每至夏初梅子黄熟时常阴雨连绵,故称。衰泪,一作"双泪"。

怨王孙①

帝里春晚②,重门深院③。草绿阶前,暮天雁断④。楼上远信谁传？恨绵绵⑤。　多情自是多沾惹，难拚舍。又是寒食也⑥。秋千巷陌，人静皎月初斜，浸梨花⑦。

注释

① 这首词南宋人所编的《草堂诗余》及明代陈耀文纂《花草粹编》所署作者均为李易安。杨金本《草堂诗余前集》卷下作秦观词。王仲闻在《李清照集校注》中列为存疑篇目。

　　这是一首闺情词，当为李清照早年在汴京时与赵明诚小别所作。上片写暮春时节，大自然一派生机，而闺中人却因与所思念之人音讯不通而满腔的离愁别恨。下片写寒食节寂静的夜晚，月光倾泻而下，笼罩着满树洁白的梨花，更使得多情的女子无法成眠。全词选景清丽淡远，抒情委婉缠绵，富有诗情画意。

② 帝里：指帝王所在的首都，即北宋都城汴梁（今河南开封）。春晚：暮春时节。

③ "重门"句：写自己居住环境的幽深。重门，富宅大院，层层设门。深院，深深的、幽静的庭院。

④ "草绿"二句：写晚春景象。绿草已蔓延到台阶前，天空中北归的大雁已经飞尽了。暮天，傍晚的天空。雁断，大雁已经远去，雁行在空中消失。古人认为大雁可以传递书信，大雁飞尽，暗指书信无法传递，音讯受阻。

⑤ "楼上"二句:意谓大雁飞尽,自己又靠谁来传递寄往远方的书信呢?故而相思之情绵绵不断,留下无限惆怅。绵绵,长而不绝的意思。白居易《长恨歌》:"天长地久有时尽,此恨绵绵无绝期。"

⑥ "多情"三句:意谓由于自己的多情所以才会被如此多的离恨所缠绕,才会引发如此难以割舍的情愫,何况又到了寒食节这个踏青游春的时节。沾惹,牵缠,招引。拚(pàn 判)舍,割舍。寒食,节令名,古代以清明节前二日为寒食节。唐宋时寒食节有冷食、祭祖、踏青、插柳、荡秋千、蹴球等风俗,是个欢乐热闹的节气。词人无人陪伴,深闺独处,更觉寂寞难耐。

⑦ "秋千"三句:写寒食节晚上的情景。白天热闹的人群渐渐静下来了,那荡过秋千的街道和小巷里一片寂静,一轮皎洁的明月在天边升起,凄清的月光洒满洁白的梨花,花儿与月光融为一片银色,好一个冰清玉洁的世界。皎月,明亮的月亮。初斜,月亮刚刚升上天际。浸,渗入。此指月光映照着梨花。

辑评

明·杨慎云:(评"多恨自是多沾惹")至情。(杨慎批点本《草堂诗余》卷二)

明·沈际飞云:贺词"多情多感",犹少此"难拚舍"三字。(《草堂诗余正集》卷一)

又云:元人乐府率以"也"字叶成妙句,殆祖此。(《草堂诗余

怨王孙(帝里春晚)

正集》卷一)

清·王士禛云:"皎月""梨花"本是平平,得一"浸"字,妙绝千古,与"月明如水浸宫殿"同工。(《花草蒙拾》)

明·李攀龙云:(眉批)以"多情"接"恨绵绵",何组织之工!(评语)此词可以"王孙不归兮,春草萋萋兮"参看。(《草堂诗余隽》卷二)

清·吴灏云:易安以词擅长,挥洒俊逸,亦能琢炼。最爱其"草绿阶前,暮天雁断",极似唐人。(《历朝名媛诗词》卷十一)

新荷叶[①]

薄露初零,长宵共、永昼分停[②]。绕水楼台,高耸万丈蓬瀛[③]。芝兰为寿[④],相辉映、簪笏盈庭[⑤]。花柔玉净,捧觞别有娉婷[⑥]。　　鹤瘦松青,精神与、秋月争明[⑦]。德行文章,素驰日下声名[⑧]。东山高蹈,虽卿相、不足为荣[⑨]。安石须起,要苏天下苍生[⑩]。

注释

① 新荷叶:词牌名。蒋氏《九宫谱》作正宫引子。赵抃词名《折

新荷引》,又因词中有"画桡稳,泛兰舟"句,或名《泛兰舟》,然与仄韵《泛兰舟》调迥别。此调以此词及赵彦端词为正体,双调,八十二字,押平声韵。亦有变格。

此词是近年发现的李清照作品,从明抄本《诗渊》录出,原词注明作者"宋李易安",孔繁礼《全宋词补辑》收之。

这是一首祝寿词。寿者是位德高望重的名士,姓名不详。有人疑此词是为与词人同时代的名士朱敦儒而作,但目前还不能确定。朱敦儒(1081—1159),字希真,洛阳人。早年以清高自许,一直隐居在洛阳的山水之间,屡召不起。据《宋史·文苑传》记载,他"志行高洁,虽为布衣而有朝野之望",后屡经诏聘,方于绍兴二年出山,历兵部郎中,迁两浙东路提点刑狱等职。但不论寿者是谁,这首词都表现了作者爱国忧民的强烈情怀。词人借祝寿之际,在词中大声疾呼"安石须起,要苏天下苍生",敦促这位名士在国难当头之时挺身而出,担负起挽救天下苍生的使命。

② "薄露"二句:点明寿者的生辰时节,是在一层薄薄的露水刚刚落下的秋天,是漫长的白昼与夜晚刚好相等的秋分时节。零,泛指雨雪霜露等的降落及涕泪的掉落。《诗·鄘风·定之方中》:"灵雨既零。"毛传:"零,落也。"分停,即"停分",平分。一年之中只有春分、秋分这两天是昼夜所占时间相等。董仲舒《春秋繁露·阴阳出入上下》:"秋分者,阴阳相半也,故昼夜均而寒暑平。"

③ "绕水"二句:描写祝寿的场所,是在一处绿水环绕的高耸入

云的楼台,望之如同仙境。蓬瀛,蓬莱和瀛洲。神山名,相传为仙人所居之处。亦泛指仙境。葛洪《抱朴子·对俗》:"(得道之士)或委华驷而辔蛟龙,或弃神州而宅蓬瀛。"

④ 芝兰为寿:词人及来宾贺寿,献上了益寿延年的灵芝和象征高洁的兰花。

⑤ "相辉映"二句:写祝寿的场面十分热闹。来祝寿的达官贵人充满了庭堂,他们鲜明的服饰与寿者的布衫互相辉映。簪笏(zān hù),冠簪和手版。古代仕宦所用,亦比喻官员或官职。

⑥ "花柔"二句:写寿宴上的欢快气氛。筵席间有美丽的侍女为客人倒酒,她们像花朵一般柔媚可人,肤色像玉一样白净莹润,风姿翩翩地双手捧觞穿行席间向客人劝酒。觞(shāng),古代酒器。娉婷(pīng tíng 平亭),姿态美好貌。柳宗元《韦道安》诗:"二女皆娉婷。"

⑦ "鹤瘦"二句:祝寿的话。词人祝寿者如仙鹤般清癯康健,如松树般长青不老,精神矍铄,可与朗朗秋月竞比光明。

⑧ "德行"二句:赞美寿者品德高尚,文章出众,早已在京城盛名远扬。日下,指京都。古代以帝王比日,因以皇帝所在地为"日下"。

⑨ "东山"二句:以东晋谢安的典故比喻寿者。说谢安曾隐居东山,却朝野景仰,即使是王侯卿相,也没有他那般荣耀。东山高蹈,指东晋谢安,字安石。《晋书·谢安传》载,谢安早年曾辞官隐居会稽之东山,经朝廷屡次征聘,方从东山复出,官至司徒要职,成为东晋重臣。后人因以"东山"喻隐居之士。高

蹈,此指隐居生活。
⑩ "安石"二句:词人用谢安为苍生而出仕的典故,敦促寿者出仕,为国分忧。谢安在东山隐居不肯应诏出仕之时,时人发出了"安石不肯出,将如苍生何"的叹惋。词人则以该语激励眼前这位隐逸的名士:一定要像谢安一样挺身出仕,挽救在战乱中受尽苦难的黎民。结尾表现出词人忧国忧民、急欲救民于水火之中的迫切心情。

附录一　词　论①

乐府声诗②并著，最盛于唐。开元天宝③间，有李八郎④者，能歌擅天下。时新及第进士开宴曲江⑤，榜中一名士先召李，使易服隐名姓，衣冠故敝，精神惨怛⑥，与同之宴所。曰："表弟愿与座末，"众皆不顾。既酒行乐作，歌者进，时曹元谦、念奴⑦为冠。歌罢，众皆咨嗟称赏⑧。名士忽指李曰："请表弟歌。"众皆哂⑨，或有怒者。及转喉发声，歌一曲，众皆泣下，罗拜⑩曰："此李八郎也。"自后郑卫之声⑪日炽⑫，流靡之变日烦⑬，已有《菩萨蛮》《春光好》《莎鸡子》《更漏子》《浣溪沙》《梦江南》《渔父》等词，不可遍举。五代干戈⑭，四海瓜分豆剖⑮，斯文道熄。独江南李氏君臣⑯尚文雅，故有"小楼吹彻玉笙寒""吹皱一池春水"之词⑰。语虽奇甚，所谓"亡国之音哀以思"⑱也。

逮至本朝⑲，礼乐文武大备⑳。又涵养㉑百余年，始有柳屯田㉒永者，变旧声作新声，出《乐章集》，大得声称于世；虽协音律，而词语尘下㉓。又有张子野㉔、宋子京兄弟㉕，沈唐㉖、元绛㉗、晁次膺㉘辈继出，虽时时有妙语，而破碎何足名家！至晏元献㉙、欧阳永叔㉚、苏子瞻㉛，学际天人㉜，作为小歌词，直如酌蠡水于大海㉝，然皆句读不葺之诗尔㉞。又往往不协音律者，何邪？

盖诗文分平侧，而歌词分五音㉟，又分五声㊱，又分六律㊲，又分清浊轻重。且如近世所谓《声声慢》《雨中花》《喜迁莺》，既押平声韵，又押入声韵。《玉楼春》本押平声韵，又押上、去声，又押入声。本押仄声韵，如押上声则协；如押入声，则不可歌矣。王介甫㊳、曾子固㊴，文章似西汉㊵，若作一小歌词，则人必绝倒㊶，不可读也。乃知词别是一家，知之者少。后晏叔原㊷、贺方回㊸、秦少游㊹、黄鲁直㊺出，始能知之。又晏苦无铺叙㊻；贺苦少典重㊼；秦即专主情致㊽，而少故实㊾，譬如贫家美女，虽极妍丽㊿丰逸，而终乏富贵态。黄即尚故实，而多疵病，譬如良玉有瑕(51)，价自减半矣。

注释

① 李清照的《词论》比较系统地探讨了词的创作，提出了自己新的词学观点。她十分强调词的音律，认为词必须是能配乐歌唱的乐府词，提出了词“别是一家”的理论。所谓“别是一家”，意指词是与诗不同的一种独立的抒情文体，词对音乐性和节奏感有更独特的要求，它不仅像诗那样要分平仄，而且还要“分五音，又分五声，又分六律，又分清浊轻重”，以便“协律”“可歌”。词作只有保持自身独立的文体特性，才能不被诗所替代，在文学之林中占有独立的地位。如果说苏轼的“以诗为词”，是从诗词同源的渊源论角度提高词体地位的话，那么，李清照的词“别是一家”之说，则是从词的本体论出发，在理论上进一步确立了词体独立的文学地位。但是，李清照在强调词的音律的同时，主张严格划清诗词的界限，不承认不协律的长短句是词，由此出发，她根据这种词“别是一

家"的理论,对词坛其他名家多所指责与批评。她既反对苏轼的"以诗为词",也指责王安石、曾巩的"以文为词",直斥苏轼的豪放词是"句读不葺之诗尔。又往往不协音律者"。虽然,词应当有其区别于诗文的特性,却不能强调过分。因为词作为一种新兴的文体,在保持音乐性的同时,其发展趋势是要逐步脱离音乐而独立。特别是在李清照所处的时代,南渡后多数词调的乐曲已经失传,词调的音乐性只能通过词作的句式与平仄来体现,因此,过分强调词作协律可歌的一面,就会把大量文学性为主的词作排斥在外,从而缩小词作的表现范围,限制词的进一步发展。因此,就基本倾向来说,李清照"词论"的观点亦有保守的一面。

② 声诗:指乐府以外的唐人用作歌词、入乐歌唱的五七言诗。

③ 开元天宝:均为唐玄宗李隆基在位时的年号,分别为公元713—741年、公元742—756年。

④ 李八郎:即李衮,唐代男子善歌者。本文所记李八郎善歌的故事见于李肇《唐国史补》卷下。

⑤ 开宴曲江:曲江在唐朝首都长安东南,是唐代都城长安人的游览胜地。自唐中宗开始,每年三月,在曲江为新及第进士举行宴会以示祝贺,因此称为曲江宴,又名曲江会。宴会因取义不同而异名甚多,如"闻喜宴""谢师宴"等。

⑥ 衣冠故敝,精神惨怛:言李八郎故意着又破又旧的衣服,脸上带着忧伤痛苦的表情。

⑦ 曹元谦、念奴:二人皆为唐朝著名的歌唱者。曹元谦,其生平

不详。念奴,元稹《连昌宫词》自注:"念奴,天宝中名倡,善歌,每岁楼下酺宴,累日之后,万众喧隘。"

⑧ 咨嗟(jiē 阶):赞叹之声。

⑨ 哂(shěn 审):讥笑。

⑩ 罗拜:罗列而拜,围绕着下拜。

⑪ 郑卫之声:春秋时郑、卫两国的音乐。过去人们认为这种声音淫乱下作,所以后来用作淫靡之乐的代称。

⑫ 日炽:日益兴盛,此处指晚唐词坛之风日趋淫靡且有愈演愈烈之势。

⑬ 日烦:日益繁多。

⑭ 五代干戈:梁、唐、晋、汉、周为五代。干戈,古代兵器的总称。这里引申为战争的意思。五代战乱频繁,故有"五代干戈"之语。

⑮ 四海:犹天下。瓜分豆剖:用鲍照《芜城赋》"竟瓜剖而豆分"意,此处形容五代十国时期混战割据、天下四分五裂的状态。

⑯ 李氏君臣:指五代时南唐国主李璟、李煜和臣子冯延巳等人。

⑰ "故有"句:"小楼吹彻玉笙寒"是李璟《浣溪沙》中的句子。"吹皱一池春水"是冯延巳《谒金门》中的句子。《十国春秋》载:元宗(李璟)尝因曲宴内殿,从容谓:"'吹皱一池春水',干卿何事?"延巳对曰:"安得如陛下'小楼吹彻玉笙寒',特高妙也。"

⑱ 亡国之音哀以思:本《礼记·乐记》中语,原指国之将亡,人民困苦不堪,体现在音乐中则多为哀思之曲调,后来多指颓靡

淫荡的歌曲。《唐宋诸贤绝妙词选》卷一评李煜《乌夜啼》词用此语。

⑲ 逮至：及至。本朝：即宋朝。

⑳ 礼乐文武大备：指宋朝建立后，在礼仪、声乐、文章、武功方面都有所建树。

㉑ 涵养：滋润养育、培养。

㉒ 柳屯田：即柳永。初名三变，后改名柳永。永字耆卿，福建崇安人。曾官屯田员外郎，所以世称柳屯田。北宋著名词人，婉约词派代表人物。其词多描写城市风光和歌妓生活，善用唐宋旧曲，改制新调。其作品长调最多。其词在当时流传甚广，所以后面又有"大得声称于世"之语，有《乐章集》。

㉓ 词语尘下：鄙薄之词。柳永之词，喜用俗语、俚语，甚至多以口语入词，且所写内容为下层百姓即歌姬生活，因此李清照认为柳永的词语言鄙俗浅薄。

㉔ 张子野：即张先（990—1078），字子野，浙江吴兴人。有《张子野词》，内容大都是描写诗酒生活和男女恋情。晁补之以"子野韵高"之语赞其词。

㉕ 宋子京兄弟：即宋庠、宋祁兄弟。宋子京，即宋祁（998—1061），字子京，安州安陆人。其兄宋庠（996—1066），字公序。宋祁词有赵万里辑本《校辑宋金元人词·宋景文公长短句》，宋庠词未见。

㉖ 沈唐：字公述，生卒年不详。官大明府签判。有词见《花庵词选》。《碧鸡漫志》称其词"源流从柳氏，病于无韵"。

㉗ 元绛:字厚之(1008—1083),钱塘人。天圣八年进士,为广东转运使。累迁翰林学士,拜参知政事。有词见《花草粹编》。

㉘ 晁次膺:即晁端礼(1046—1113),字次膺,澶州清丰人。熙宁六年进士,两为县令,忤上官,坐废。政和癸巳(1113)大晟乐成,除大晟乐协律郎。有《闲斋琴趣》。

㉙ 晏元献:即晏殊(991—1055),字同叔,江西临川人。仁宗时为宰辅,提拔后进,汲引贤才,欧阳修、王安石都出其门下,卒谥元献,所以又称晏元献。晏殊的词多写其悠闲生活,语言婉丽,承袭南唐风格。有《珠玉词》一卷。

㉚ 欧阳永叔:即欧阳修(1007—1072),字永叔,庐陵人。天圣八年进士,官馆阁校勘。他在文学上的成就是多方面的,不仅是散文大家,诗、词创作方面亦是一代名手。其词婉丽,承袭南唐余风。有《六一词》。

㉛ 苏子瞻:即苏轼(1036—1101),字子瞻,四川眉山人。其父苏洵、弟苏辙都是著名的散文家,世称三苏。嘉祐二年举进士。他是著名的散文家、诗人,又是著名的词人。其词开豪放一派,对后代有深远影响。有词集《东坡乐府》。

㉜ 天人:禀赋很高、学识渊博之人。

㉝ 酌蠡(lí 梨)水于大海:从大海里取一瓢水,比喻事情很容易。此处乃指晏殊、欧阳修、苏轼三人学识华瞻,而词的创作只是使用其部分才力所为之事。蠡,瓢。

㉞ 句读(dòu 豆)不葺(qì 气)之诗:古人的文章没有标点符号,诵读时称文句中停顿的地方,语气已完的叫"句",没有完的

叫"读"。句读不葺,句子长短不齐。不葺,不整齐。李清照在本文中提出词"别是一家"的主张,要求词在内容和风格上与诗有所区别。这里主要批评苏轼以诗为词。

㉟ 五音:音韵学上指五类声母在口腔中的五类发音部位,即喉、牙、舌、齿、唇。

㊱ 五声:指宫、商、角、徵、羽。

㊲ 六律:指十二律中阴阳声之律,即黄钟、太蔟、姑洗、蕤宾、夷则、亡射。十二律,阳六为律,阴六为吕。称六律,以代十二律吕。

㊳ 王介甫:即王安石(1021—1086),字介甫,号半山,临川(今属江西)人。仁宗时进士,主张改革政治。所作诗、文均自成一家,散文为唐宋八大家之一。其词不多。

㊴ 曾子固:即曾巩(1019—1083),字子固,南丰(今属江西)人。嘉祐进士,官至中书舍人。散文风格朴实,是唐宋八大家之一。

㊵ 文章似西汉:司马迁的《史记》是西汉文章的代表,李清照在这里说王、曾二人的文章,接近司马迁的风格。

㊶ 绝倒:大笑不能自持。欧阳修《归田录》卷二:"间以滑稽嘲谑,形于风刺,更相酬酢,往往烘堂绝倒。"这里是批评以文为词的创作倾向。

㊷ 晏叔原:即晏几道(约1030—约1106),字叔原,号小山,临川(今属江西)人。晏殊第七子。元丰年间,曾任颍昌府许田镇监。其词风格婉约,多伤感情调。有《小山词》。

㊸ 贺方回：即贺铸(1052—1125)，字方回，卫州(今河南汲县)人。官泗州通判。能诗文，尤工词，善于锤炼字句，有《东山词》。张耒序称其词"盛丽如游金张之堂，而妖冶如揽嫱施之祛，幽洁如屈宋，悲壮如苏李"。

㊹ 秦少游：即秦观(1049—1100)，字少游、太虚，号淮海居士，高邮(今属江苏)人。曾任秘书省正字，兼国史院编修官。其词轻婉秀丽，为婉约词派的代表作家。有《淮海集》《淮海居士长短句》。

㊺ 黄鲁直：即黄庭坚(1045—1105)，字鲁直，号山谷道人、涪翁，分宁(今江西修水)人。其诗在宋代影响很大，为江西诗派鼻祖。作词喜欢用生字俚句，晁补之称其词"固高妙，然不是当行家语，乃著腔子唱好诗也"。有《山谷集》《山谷琴曲外编》。

㊻ 晏苦无铺叙：晏几道的《小山词》都是小令，很少长调，所以说晏几道的词无铺叙。铺叙，铺陈、描述。

㊼ 典重：典雅庄重。

㊽ 情致：情趣、兴致。

㊾ 故实：典故、史实。

㊿ 妍丽：美丽。

㉛ 有瑕：有毛病、缺点。

辑评

宋·胡仔云：易安历评诸公歌词，皆摘其短，无一免者，此论未公，吾不凭也。其意盖自谓能擅其长，以乐府名家者。退之诗

云:"不知群儿愚,那用故谤伤,蚍蜉撼大树,可笑不自量。"正为此辈发也。(《苕溪渔隐丛话》)

清·斐畅云:易安自恃其才,藐视一切,本不足存。第以一妇人能开此大口,其妄不待言,其狂亦不可及也。(《词苑萃编》)

清·方成培云:段安节言:商、角同用,是押上声者,入声亦可押也,与易安说不同。余尝取柳永《乐章集》按之,其用韵与段说合者半,不合者半,乃知宋词协韵,比唐人较宽。宋大乐以平入配重浊,以上去配清轻,亦与段图不同,大抵宋词工者,唯取韵之抑扬高下与协律者押之,而不拘拘于四声,其不知律者,则唯求工于词句,并置比而不论矣。(《香研居词麈》)

清·江顺诒云:后之填词,韵有上去通押者,而无平仄同押者,虽与曲有别,究与律无关也。(《词学集成》)

附录二　前人评语

易安居士，京东提刑李格非之女，建康守赵明诚之妻；若本朝妇人，当推词采第一。赵死再嫁某氏，讼而离之，晚节流荡无归。作长短句能曲折尽人意，轻巧尖新，姿态百出，闾巷荒淫之语，肆意落笔，自古搢绅之家，能文妇女，未见如此无顾藉也。（宋·王灼《碧鸡漫志》）

顷见易安族人，言明诚在建康日，易安每值天大雪，即顶笠披蓑，循城远览以寻诗，得句必邀其夫赓和，明诚每苦之也。（宋·周煇《清波杂志》）

李易安、魏夫人，使在衣冠之列，当与秦七、黄九争雄，不徒擅名闺阁也。（宋·黄昇《花庵词选》）

淳熙间有二妇人，能继李易安之后，清庵鲍氏，秀斋方氏，皆能文，笔端极有可观。清庵则鲍守之妻，秀斋即陈日华之室。（宋·王质《绍陶录》）

易安居士能书能画又能词，而尤长于文藻。迄今学士每读《金石录序》，顿令心神开爽，何物老妪，生此宁馨，大奇大奇。（《清河书画舫》引《才妇录》）

男中李后主，女中李易安，极是当行本色。（清·沈谦《填词杂说》）

张南湖论词派有二：一曰婉约，一曰豪放。仆谓婉约以易安为宗，豪放唯幼安称首，皆吾济南人，难乎为继矣。（清·王士禛《花草蒙拾》）

李氏、晏氏父子、耆卿、子野、美成、少游、易安至矣，词之正宗也。(清·徐釚《词苑丛谈》)

华亭宋尚木征璧曰："吾于宋词得七人焉，曰永叔，其词秀逸；曰子瞻，其词放诞；曰少游，其词清华；曰子野，其词娟洁；曰方回，其词新鲜；曰小山，其词聪俊；曰易安，其词妍婉。"(清·徐釚《词苑丛谈》)

清照以一妇人而词格乃抗轶周、柳，虽篇帙无多，固不能不宝而存之，为词家一大宗矣。(清·纪昀《四库全书总目提要》)

易安在宋诸媛中，自卓然一家，不在秦七、黄九之下，词无一首不工，其炼处可夺梦窗之席，其丽处真参片玉之班，盖不徒俯视巾帼，直欲压倒须眉。(清·李调元《雨村词话》)

闺秀词唯清照最优，究苦无骨。存一篇尤清出者。(清·周济《介存斋论词杂著》)

易安跌宕昭彰，气调极类少游，刻挚且兼山谷，篇章惜少，不过窥豹一斑，闺房之秀，固文士之豪也。才锋大露，被谤始亦因此。自明以来，随情者醉其芬馨，飞想者尝其神骏，易安有灵，后者当许为知己。渔洋称易安、幼安为济南二安，难乎为继；易安为婉约主，幼安为豪放主，此论非明代诸公所及。(清·沈曾植《菌阁琐谈》)

李易安词，独辟门径，居然可观。其源自从淮海、大晟来，而铸语则多生造，妇人有此，可谓奇矣。(清·陈廷焯《白雨斋词话》)

朱淑真词，才力不逮易安。然规模唐五代，不失分寸，如

《年年玉镜台》及《春已半》等篇，殊不让和凝李殉辈，唯骨韵不高，可称小品。(清·陈廷焯《白雨斋词话》)

两宋词家，各有独至处，流派虽分，本原则一。唯方外之葛长庚，闺中之李易安，别于周、秦、姜、史、苏、辛外，独树一帜，而亦无害其为佳，可谓难矣。然毕竟不及诸贤之深厚，终是托根浅也。(清·陈廷焯《白雨斋词话》)

宋闺秀词，自以易安为冠。朱子以魏夫人与之并称，魏夫人只堪出朱淑真之右，去易安尚远。(清·陈廷焯《白雨斋词话》)

葛长庚脱尽方外气；李易安词，却未能脱尽闺阁气。然以两家较之，仍是易安为胜。(清·陈廷焯《白雨斋词话》)

朱晦庵谓：宋代妇人能文者，唯魏夫人及李易安二人而已。魏夫人词笔，颇有超迈处，虽非易安之敌，然亦未易才也。(清·陈廷焯《白雨斋词话》)

淑真清空婉约，纯乎北宋；易安笔情浓至，意境较沈博，下开南宋风气。(清·况周颐《蕙风词话》)

李别号易安居士，适赵明诚。明诚在太学，朔望出质衣，取半千钱，市碑文果实，归相玩味，吟和过日。(清·沈雄《古今词话》)

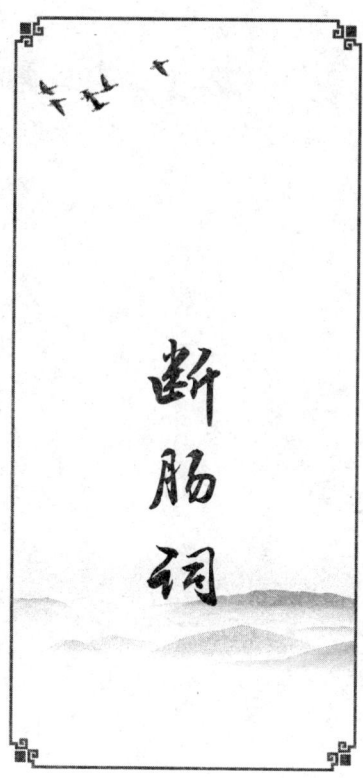

断肠词

忆秦娥[①]

正月初六日夜月

弯弯曲,新年新月钩寒玉[②]。钩寒玉,凤鞋儿小,翠眉儿蹙[③]。 闹蛾雪柳添妆束[④],烛龙火树争驰逐[⑤]。争驰逐,元宵三五,不如初六[⑥]。

注释

① 此首词吟咏正月初六夜里一弯新月的可爱以及夜市喧闹的盛况,比喻形象新巧,语言富含感情色彩,抒发了纯真的少女对美好事物由衷的喜爱之情。

② "弯弯"二句:正月初六的夜晚,一轮弯弯的新月挂于天际,如洁白的美玉雕琢而成,散发出清凉的光芒。新年伊始,词人眼中的月亮亦是新月一弯,无限美好,"新"字传达出词人内心的欣喜及对新的一年寄寓的美好期望。

③ "钩寒玉"三句:此三句喻新月之形状,既像姑娘的绣鞋般小巧玲珑,又像少女微微皱起的眉毛标致俏丽。翠眉,用黛螺画的眉。翠眉之喻,见江淹《丽色赋》:"信东方之佳人,既翠眉而瑶质。"蹙,皱,收缩。

④ "闹蛾"句:下阕铺写正月初六的节日盛况。女子们头戴闹蛾儿、雪柳,着节日盛装,纷纷走上街头,参加到嬉戏游玩的队伍中。闹蛾雪柳,都是宋代元宵时妇女的头饰。《宣和遗

事·十二月预赏元宵》:"京师民有似云浪,尽头上戴着玉梅、雪柳、闹蛾儿,直到鳌山下看灯。"闹蛾,用丝绸或乌金纸剪裁为花或草虫之形,然后用色彩画上须子、翅纹而成。雪柳,雪白如柳叶之头饰,多以素绢和银纸做成。辛弃疾《青玉案·元夕》:"蛾儿雪柳黄金缕。"

⑤烛龙句:此句写街道上灯火辉煌的盛况。烛龙火树,比喻街边树上张灯结彩,绵延好似衔烛的巨龙。烛龙,古代神话中的神兽,在西北无日之处,人面龙身,衔烛以照幽阴,见《山海经·大荒北经》。火树,树上挂满了灯笼,形容灯火的辉煌灿烂。苏味道《正月十五夜》诗:"火树银花合,星桥铁锁开。"驰逐,人们奔跑追逐嬉戏的场景。

⑥"争驰逐"三句:正月初六之夜的街头,欢闹的人群、陈设华丽的街景、绚烂的彩灯,如此盛况,连元宵佳节时的盛况都比不过。正月十五元宵节一直是民间非常重视的节日,然而比初六的夜市不如,则衬托出初六的热闹非凡。

浣溪沙①

清 明

春巷夭桃吐绛英,春衣初试薄罗轻②。风和烟暖燕巢成③。　　小院湘帘闲不卷,曲房朱户闷长扃④。恼人光景又清明⑤。

注释

① 此词写闺妇怀春、伤春之情。上阕,描写仲春时节风柔日暖、花红柳绿、春燕筑巢的明媚春光,词人初试春衣,罗衣轻飏,喜悦之情溢于言表,落于笔端,笔意轻快,意境明朗。然而大好春光,竟无人共赏,故下阕词意陡转,描写于寂寞深闺中虚度春光的孤独与苦闷,感慨春光易逝,青春虚掷。全篇以丽景反衬愁情,笔法先扬后抑,曲折跌宕。

② "春巷"二句:春日的街巷中,红色的桃花吐蕊争艳,渐次开放。词人心情大好,换上轻薄的春装,想要外出赏春游玩。夭桃,艳丽争春的桃花。《诗经·周南·桃夭》:"桃之夭夭,灼灼其华。"绛英,红色的花。

③ "风和"句:词人来到户外,沐浴着温柔的风和温暖的阳光,看到檐间的燕儿成双成对地飞来飞去,忙着修筑它们的爱巢。词人内心似乎受到了触动,隐隐萌生出别样的情愫。

④ "小院"二句:湘妃竹编成的帘子低低地垂着,红色的大门紧紧地关闭,幽长寂静的游廊使人感觉压抑愁闷。湘帘,用湘妃竹做的帘子。曲房,指内室。扃(jiōng),关门。

⑤ "恼人"句:春光消逝得这样快,转眼又是清明时节了。由春色难以久驻,想到韶光易逝,顿生无限烦恼。下半阕的词意与上半阕相比可谓陡转,词人对春光易逝的感慨,以及孤寂与落寞之情,在丽景的反衬之下格外幽婉感人。

浣溪沙（春巷夭桃吐绛英）

生查子①

寒食不多时,几日东风恶②。无绪倦寻芳,闲却秋千索③。玉减翠裙交,病怯罗衣薄④。不忍卷帘看,寂寞梨花落⑤。

注释

① 生查子:原唐教坊曲名,敦煌曲子词中已有此调。现存文人词中最早用此调者为晚唐韩偓(wò 沃),其《生查子》(侍女动妆奁)曾收入《香奁集》中,题为《懒卸头》。因五代牛希济词有"记得绿罗裙,处处怜芳草"句,又名《绿罗裙》。还有《楚云深》《陌上郎》《梅和柳》《遇仙槎》等名。

这是一首伤春之作。在春意正盛的清明时节,本该是外出踏青、结伴游玩的日子,然而这首词中出现的却是一位被春愁笼罩而兴味索然,以致玉体清减、多愁善感的闺中女子形象。本词的语言直白浅显,抒发感情却委婉曲折。

② "寒食"二句:意谓寒食节刚过不久,连着刮了几日的东风,着实让人烦恼。寒食,节名,夏历冬至后一百零五天,清明节前一至二日为寒食节。东风,春风。《礼记·月令》:孟春之月"东风解冻,蛰虫始振"。按二十四番花信,梨花于春分时节盛开,至清明时已趋凋零。寒食后几日东风吹,引出下片"寂寞梨花落"。词人用一个"恶"字强烈地表达她对梨花凋谢的无奈与伤感。

③ "无绪"二句：没有兴致去踏青赏花，更没心情去荡院中的秋千，空任秋千架闲置。"倦"字描摹出女子的一番颓废之态。无绪，没有兴致。

④ "玉减"二句：愁情如此浓重，词人如同大病一场，玉体为之消瘦，原来的绿罗裙穿在身上，几乎可以折叠；春风吹来，虚弱的身体竟不堪忍受风吹似的，一副弱不胜衣之态。交，交叉，折叠。怯，担心，害怕。

⑤ "不忍"二句：又到清明，正是梨花凋落之际。不忍心将珠帘卷起，看那洁白的梨花寂寞地纷纷飘落。梨花落，意味着美好事物或青春年华的逝去。

谒金门①

春 半

春已半，触目此情无限②。十二阑干闲倚遍，愁来天不管③。　　好是风和日暖，输与莺莺燕燕④。满院落花帘不卷，断肠芳草远⑤。

注释

① 谒金门：词牌名。原唐教坊曲，用作词调。又名《空相忆》《花

自落》《垂杨碧》《杨花落》《出塞》等。金门,即金马门的省称,用喻天子宫门。道教则用金门喻天帝及诸神仙之门。今敦煌词中存有《谒金门》三首,可证由唐代乐曲转为词调最早起于民间。五代时,《谒金门》已由民间词转入文人手中,韦庄、冯延巳等人词作颇多,其异名亦增多。

这首词写于词人婚后。因为所嫁非偶,婚后的生活极为苦闷。明媚春光里双双对对的莺莺燕燕,触动词人对意中人的思念以及思念却不得见的无奈与痛苦。春光的流逝、美好年华的虚度让词人愁绪萦怀,为之断肠。

② "春已半"二句:蓦然发觉春天竟已过去了一半,目之所及,繁华渐趋凋落,心中生出无限感慨。"春已半"取意李煜《清平乐》:"别来春半,触目愁肠断。"起笔的"春已半"三字,用语虽简,读来却如棒喝,写出时间的飞逝在词人心理上造成的震撼。

③ "十二"二句:女主人公愁绪满怀,遍倚阑干,然而愁绪始终萦绕于怀。这愁、这怨,任老天也无法消除。阑干,此指栏杆。十二阑干,以倚栏之多,极言愁绪之多。李商隐《碧城》:"碧城十二曲阑干。"

④ "好是"二句:在风和日丽的春光中,成双成对的黄莺、燕子欢快地嬉戏着,享受着春光的美好。相形之下,自己却形单影只,比鸟儿都不如。此处用鸟儿的成双成对,来反衬自己的孤寂,委婉地表现孤栖之苦,抒情含蓄。

⑤ "满院"二句:院中落花满地,让人看了徒增伤感,索性不去将那珠帘卷起。那茂盛的春草,绵延生长,直至天际,让人看了

柔肠寸断。

辑评

清·陈廷焯云:"凄婉,得五代人神髓。" 又云:"'春已半'等篇殊不让和凝、李珣辈,惟骨韵不高,可称小品。"(《词则·大雅集》)

江城子①

赏 春

斜风细雨作春寒②。对尊前,忆前欢③。曾把梨花,寂寞泪阑干④。芳草断烟南浦路,和别泪,看青山⑤。　昨宵结得梦夤缘⑥。水云间,悄无言⑦。争奈醒来,愁恨又依然。展转衾裯空懊恼,天易见,见伊难⑧。

注释

① 江城子:词牌名,最初乃晚唐五代时酒席宴会上的酒令,后经文人加工,成为小令词调。始见于韦庄《花间集》,为单调三十五字,至宋时变为双调七十字。又名《水晶帘》《江神子》《村意远》等。

此词虽题为"赏春",然通篇何来春景?直是处处皆愁。上半阕是离别之愁,下半阕是相思之恨。思念之人不归,愁意何解?情调无限凄苦而哀伤。

② "斜风"句:已是春日,然而斜风阵阵,细雨蒙蒙,寒意依旧袭人。起句已是凄凉景,悲苦意,奠定了全词的抒情基调。

③ "对尊前"二句:词人欲借酒浇愁,然独饮少欢,以前与意中人共度的欢乐时光一幕一幕在眼前浮现。愈回忆曾经的欢好,愈衬托出眼前独酌的凄凉不堪。尊,同"樽",酒杯。

④ "曾把"二句:面对手中折得的娇艳梨花,无声的泪水慢慢地滑落。白居易《长恨歌》中有"玉容寂寞泪阑干,梨花一枝春带雨"诗句,此处化用其意,写词人饱尝相思寂寞之苦,而常常以泪洗面。

⑤ "芳草"三句:记得南浦送别时,芳草萋萋,远处云雾弥漫,遮断归路。看着远处的青山,情人的背影沿着这个方向越去越远,直至不见。南浦,泛指水边送别的地方。屈原《河伯》有"送美人兮南浦"。江淹《别赋》有"春草碧色,春水渌波,送君南浦,伤如之何"。从此,南浦便成为情人离别之所的代称。

⑥ "昨宵"句:昨夜做得好梦,在朦胧的梦境中,日夜思念的情人从远方归来。夤(yín吟)缘,攀附,联络。

⑦ "水云间"二句:此写梦中情景。在缥缈的云水之间,二人悄然无语,默默相对,所有的思念、柔情通过眼神的交流送达对方。水云间,言其重逢的欢愉恰如浮云流水,虽然短暂,却梦幻而浪漫。

⑧ "展转"三句:梦中的欢情转瞬即逝,醒来后面对眼前寒凉的被衾,辗转反侧,更觉凄苦。苍天虽远,抬头即见,可我思念的人哪,想要见到你,竟如此之难!"天易见,见伊难",此六字不啻是备受煎熬的词人内心深处的呐喊,饱含着凄凉与绝望。衾裯(chóu 仇),指被褥被单等卧具。

减字木兰花①

春 怨

独行独坐,独倡独酬还独卧②。伫立伤神,无奈春寒著摸人③。　　此情谁见,泪洗残妆无一半④。愁病相仍,剔尽寒灯梦不成⑤。

注释

① 因为"所嫁非偶",朱淑真的婚姻生活非常不幸,因此无论是精神上,还是生活中,孤独感始终如影随形,挥之不去,且随着时间的流逝,孤独感一变而为凄苦、哀怨,使词人最终抱恨抑郁而亡。此词所刻画的即为词人孤独寂寞、凄凉无告的情状,辞情哀伤,深沉感人。

② "独行"二句:词人以五个"独"字发端,用行、坐、倡、酬、卧,涵

盖了一天中所有的活动，五个"独"字说明自晨至昏，主人公都是孑然一身，在孤独中度过。白天独行独坐，就连诗词唱酬这种文人间热闹有趣的事情，都是独自吟唱、独自酬答，因为没有人可以与之唱和交流。而每到夜晚，闺帏凄冷，只有自己独卧寒灯之下，熬过漫漫长夜，其中滋味，该有多少辛酸。倡酬，诗词唱和、酬赠应答。

③"伫立"二句：独自凭栏久立，神志哀伤，春寒料峭的时节，由心而外都感觉到无限凄凉。著摸，即着摸，折磨，捉弄。

④"此情"二句：孤独凄苦如此，无人看见，亦无人宽慰，只得终日以泪洗面，妆容都被泪水洗花了。

⑤"愁病"二句：忧伤过度，终至愁病交加。在这独居凄凉之夜，无法安然入睡，只好不停地挑着逐渐昏暗的灯花。相仍，相随。寒，《花草粹编》作"孤"。

辑评

　　清·吴衡照云：朱淑真词"无奈春寒著摸人"，"著摸"二字，孔平仲、彭汝砺诗皆用之。（《莲子居词话》卷四）

　　清·纪昀云："潇湘此日堪肠断，随处幽香著莫人"之句，以证朱淑真词、耶律楚材诗内"著莫"二字之所出。（《四库全书总目提要》）

眼儿媚①

迟迟风日弄轻柔,花径暗香流②。清明过了,不堪回首,云锁朱楼③。　　午窗睡起莺声巧,何处唤春愁④。绿杨影里,海棠亭畔,红杏梢头⑤。

注释

① 眼儿媚:词牌名,又名《小阑干》《东风寒》等。《花草粹编》卷七题作《春情》。此词上阕用倒装手法,从眼前"云锁朱楼"的阴霾天气入手,回忆起早春时节,清风拂面、花香涌动的美好时光。过片从午睡醒来后入耳的莺声起笔,引出春愁无限,构思十分精巧。该词当是朱淑真早期的作品,词中所谓的春愁,如明媚的春季里偶尔飘过的一抹浮云,丰富了季节的色彩,而不会覆盖其原本清新亮丽的主色调。

② "迟迟"二句:春天里,白天的时光慢慢变长,和煦的阳光轻轻抚弄着杨柳柔柔的枝条。庭院中的小路两旁鲜花盛开,整条小路变成了一条涌动着花香的小河。迟迟,形容春天白昼变长且天气和暖。轻柔,春季的杨柳枝娇嫩柔软的样子。花径,被花丛包围的小路。

③ "清明"三句:可是很快清明节就过去了,群芳凋谢,让人不忍回忆那些风和日丽、花香怡人的时光。阴霾的天气里,云雾笼罩着绣户朱阁,给人心头笼罩了一层淡淡的忧伤。朱楼,富丽华美的楼阁。

④ "午窗"二句:午睡起来,窗外传来黄莺欢快的叫声。这叫声撩拨我的愁思,让我忍不住情思萌动,这恼人的鸣叫声是从哪里传来的呢?

⑤ "绿杨"句:是在翠绿的杨树那浓密的树荫里?还是在海棠花丛畔?或者是在春意尚存的红杏枝头呢?此句乃自问自答。表面上看词人是在寻找黄莺的藏身之所,可目之所及,春天的景色处处撩拨人的愁思,让人春愁无限。

鹧鸪天①

独倚阑干昼日长。纷纷蜂蝶斗轻狂②。一天飞絮东风恶,满路桃花春水香③。　　当此际,意偏长。萋萋芳草傍池塘④。千钟尚欲偕春醉,幸有荼蘼与海棠⑤。

注释

① 这首词描写暮春景致,抒写伤春惜春之情。暮春时节,蜂飞蝶舞,柳絮轻扬,桃花灼灼,春水溢香,然而对孤独寂寞的词人而言,徒然撩拨人的愁思而已。幸有迟开的荼蘼和海棠,伴随着词人饮酒消愁。然而荼蘼花开,预示着花事将尽,结

尾亦留下几许惜春之意。全词语言清新,用语自然,无斧凿用力之痕,却将愁思描写的悠长隽永,颇具感染力。

② "独倚"二句:春日里,阳光和暖,蜜蜂蝴蝶纷纷在花间追逐嬉戏,翩跹起舞。而词人却默然地看着这一切,在这漫长的白日里,独倚栏杆,愁绪满怀。斗,争着。轻狂,放浪轻浮,此处运用拟人手法。

③ "一天"二句:春风尽日吹拂,将柳絮吹得漫天飞舞,如同恼人的情思将人重重包围。道路两旁的桃花灼灼开放,落花浸润着溪水,花香随着一江春水流向远方。东风,春风。

④ "当此际"三句:言自己面对大好春光,相思之情格外强烈,此情如池塘边生长茂密的春草般无法遏制。萋萋芳草,化用楚辞《招隐士》"王孙游兮不归,春草生兮萋萋"之意。

⑤ "千钟"二句:在这春意渐消之际,幸好还有荼蘼花和海棠花陪我消愁解闷,我且饮它千杯与这春光共同沉醉吧。千钟,千杯。以饮酒之多,暗示愁绪之重。荼蘼(tú mí 图迷),落叶或半常绿小灌木,往往到盛夏才会开花,花洁白清香。辛弃疾《满江红》词:"照一架,荼蘼如雪。"荼蘼花开,也意味着春天结束了。

清平乐①

风光紧急,三月俄三十②。拟欲留连计无及,绿野烟愁露泣③。　　倩谁寄语春宵,城头画鼓轻敲④。缱绻临歧嘱付,来年早到梅梢⑤。

注释

① 此词化用贾岛《三月晦日赠刘评事》"三月正当三十日,风光别我苦吟身。共君今夜不须睡,未到晓钟犹是春"诗意,表现惜春、留春之意。

② "风光"二句:写春光流逝疾速,转眼就到了三月三十日这个临界的日子,春天即将远行、消逝了。"风光紧急",起句奇崛,营造出一种紧迫的气氛,说明春天即将离去对词人情感上的冲击,亦传达出词人对春天无限留恋之意。俄,顷刻,转瞬间。

③ "拟欲"二句:想要将春挽留,可是却无任何良策。树木为之含烟,一片迷蒙;花草为之滴露,泪水涟涟,似乎都在为此事而伤感。这两句表面是说景色,实际是词人内心感受的真情流露。晏殊《蝶恋花》云:"槛菊愁烟兰泣露。"

④ "倩谁"二句:我满怀着对春的殷殷嘱托,如今谁能够充当使者替我寄语给这最后一个春宵呢?此时城头传来敲击的鼓声,鼓声随风远播,那就请这鼓声做我的使者吧。唐宋时城楼在早晚定时击鼓,故而词人有此奇妙的设想。倩,请。倩谁寄语,《花草粹编》作"凭谁寄与"。

⑤ "缱绻"二句:此二句写就一番临别送行、依依不舍的场景。

词人似反反复复地述说着不舍,并殷勤嘱咐春天,来年早点来到梅花枝头,好向人间报告春天即将到来的好消息。此语想象奇幻,概因百花中以梅花凌寒傲雪、开放最早,故有此寄语,巧妙地传达出词人急切地期待春天再来的情感。缱绻(qiǎn quǎn遣犬),情意缠绵,难舍难分的样子。临歧,临别。

清平乐①

夏日游湖

恼烟撩露,留我须臾住②。携手藕花湖上路,一霎黄梅细雨③。　　娇痴不怕人猜,和衣睡倒人怀④。最是分携时候,归来懒傍妆台⑤。

注释

① 此词所写乃一对恋人夏日相约游湖、偶遇下雨,于僻静处避雨时缱绻的柔情与缠绵之事,塑造了一位娇憨任性而又勇敢多情的少女形象。词中有甜蜜的约会、痛苦的分别以及归来后的落寞,恋人间起起伏伏的心态变化描写得层次分明。这样的场景在讲究"男女授受不亲"的时代,被人目之为"放诞",然少女真情的流露描写得如此生动,实属"放诞得妙"

(吴衡照《莲子居词话》)。

② "恼烟"二句:正是江南的梅雨季,湖中盛开的荷花,被薄薄的水气所笼罩,含烟带露,娇艳欲滴,让人忍不住为之驻足留恋。恼、撩,均有引惹、撩拨之意。

③ "携手"二句:少女与情人携手漫步于湖边堤岸上,四周的美景让人陶醉。不料突然天降小雨,让人猝不及防,赶忙寻找避雨之地。藕花,荷花。一霎,一瞬间。

④ "娇痴"二句:避雨之所为二人提供了一个暂时独处的空间。因为下雨,游人稀少,因此少女便大胆地投入情人的怀抱,将头依靠在情人肩膀上。此二句写出多情的少女情至深处不能自己的情态,可谓大胆。

⑤ "最是"二句:浓情蜜意的时刻总是很短暂,与恋人离别之时是多么的不忍。回到家中坐在梳妆台前,回想起湖边的种种,内心不能平静,不敢揽镜自赏,亦无心整理自己的装束。分携,分手,离别。

辑评

明·徐士俊云:朱淑真云:"娇痴不怕人猜",便太纵矣。(《古今词统》卷四)

清·吴衡照云:易安、淑真均善于言情。易安"眼波才动被人猜",矜持得妙。淑真"娇痴不怕人猜",放诞得妙。(《莲子居词话》卷二)

点绛唇①

　　黄鸟嘤嘤,晓来却听丁丁木②。芳心已逐,泪眼倾珠斛③。　　见自无心,更调离情曲④。鸳帷独⑤。望休穷目,回首溪山绿⑥。

注释

① 此词写恋人远行后闺中女子的感伤和对情人连绵无尽的思念。该词上阕借用《诗经·小雅·伐木》诗意,以诗中从幽谷迁于乔木、嘤嘤鸣叫以求知己的黄鹂鸟为喻,将一个柔弱而又痴情执着的闺中女子对知己的渴求、对情人的思念表达得迂回曲折,深切感人。

② "黄鸟"二句:黄鸟的叫声将主人公从睡梦中唤醒,听到了远处丁丁的伐木声。嘤嘤,鸟鸣声。丁丁(zhēng 争),伐木声。《诗经·小雅·伐木》:"伐木丁丁,鸟鸣嘤嘤。"

③ "芳心"二句:主人公的一颗芳心已然随着远行的情人而去,如今终日被离愁所包围,思念的泪水如一斛斛晶莹的珍珠倾倒般纷纷落下。倾珠斛,说明泪水之多,直可用斗量。斛,量器名,也是容量单位,一斛为十斗。

④ "见自"二句:主人公无心欣赏景致,欲弹琴抒怀,谁知琴弦上流出的偏又是充满离愁别恨的曲子。"见自无心",《诗渊》作"见自无聊"。

⑤ 鸳帷独:言分别后独处鸳鸯帐。鸳帷,绣着鸳鸯的帷帐,衬托出独居的凄苦。
⑥ "望休"二句:主人公痴痴地凝望远处,但直到视线的尽头,始终不见离人的身影。回望那离人归来的路上,溪山一片葱茏翠绿,恰如心头生生不息的思念。

点绛唇①

风劲云浓,暮寒无奈侵罗幕②。髻鬟斜掠,呵手梅妆薄③。 少饮清欢,银烛花频落④。恁萧索⑤。春工已觉,点破香梅萼⑥。

注释

① 此词写春寒料峭的情景。词中既描写了寒风呼啸下的清冷与萧瑟,也描写了冒着寒冷勉力梳妆打扮的少女,以及在风雪中凌寒绽放的梅花,展露出寒冬即将过去、春天正在蕴育之中的无限生机与俏丽意境。
② "风劲"二句:寒风凛冽,天空乌云密布;傍晚时分,寒意透过厚厚的帘幕,侵入闺房内。侵,言寒气穿透帘幕。
③ "髻鬟"二句:因果倒装句。主人公的发髻简单地斜拢在一

边,妆容也显得很清淡。这是因为天气如此寒冷,她需要不停地向双手呵气,所以无法细致地整理发型,画出漂亮的梅花妆。此处化用欧阳修《诉衷情》:"清晨帘幕卷轻霜,呵手试梅妆。"髻鬟,发髻。梅妆,梅花妆。据叶廷珪《海录碎事》卷十下记载:"(南朝)宋武帝女寿阳公主,人日(阴历正月初七日)卧于含章(殿)檐下,梅花落公主额上,成五出之花,拂之不去,自后有'梅花妆'。"自南朝寿阳公主额上落了梅花后,宫女们纷纷效仿作梅花妆。唐宋时女子的梅花妆不仅在额头,还在面颊上,颜色有丹有黄,方法有贴金或涂点。李商隐诗云:"寿阳公主嫁时妆,八字宫眉捧鹅黄。"(《蝶二首》)徐夤诗云:"粉腮应恨贴梅妆"(《追和白舍人咏白牡丹》)。

④ "少饮"二句:天气寒冷,主人公略微饮了些酒,希望让身体暖和些,心情也能随之好转。可长夜寂寞,时间一点点地流逝,眼看着烛花频落,心意却始终低沉落寞。

⑤ 恁萧索:这时节竟如此萧瑟!恁(nèn 嫩),这么,如此。萧索,萧条冷落。词人用极简的三个字,对前面所写内容作一小结,亦显出结句的转折有峰回路转之妙。

⑥ "春工"二句:如此的萧瑟已让造化有所察觉,于是特地点破梅花的花苞。梅花在枝头微微展开的花瓣给人间带来春天的消息。春工,春季造化万物之工。柳永《剔银灯》:"何事春工用意,绣画出,万红千翠。"

蝶恋花①

送 春

楼外垂杨千万缕②。欲系青春,少住春还去③。犹自风前飘柳絮,随春且看归何处④。　　绿满山川闻杜宇⑤。便做无情,莫也愁人苦⑥。把酒送春春不语,黄昏却下潇潇雨⑦。

注释

① 这首词写词人惜春、留春之情。词人借春天特有的景物,写出对春无限的留恋与依依不舍之情。全词用语寻常,却想象奇幻,赋予垂杨、柳絮、春天以人的情感,使得词的意境充满灵趣。

② "楼外"句:楼外的杨树垂下千万缕柔柔的枝条。

③ "欲系"二句:柔柔的枝条随风轻轻飞舞,似乎想要将春天系住,然而春天只是稍作停留便匆匆离去。在古诗的传统中,杨柳依依的形象一般出现在送别的场景中,而此处词人却突破传统思维,将人之多情、缠绵赋予了随风飞舞的柳枝,因此便有了柳枝想要"系春"的想象,也反映出了词人的恋春、留春之情。少住,暂时停留。

④ "犹自"二句:只有风中飘舞的柳絮,仍然痴痴地追随着春天归去的脚步,想要看看春天到底会到哪里。黄庭坚《清平

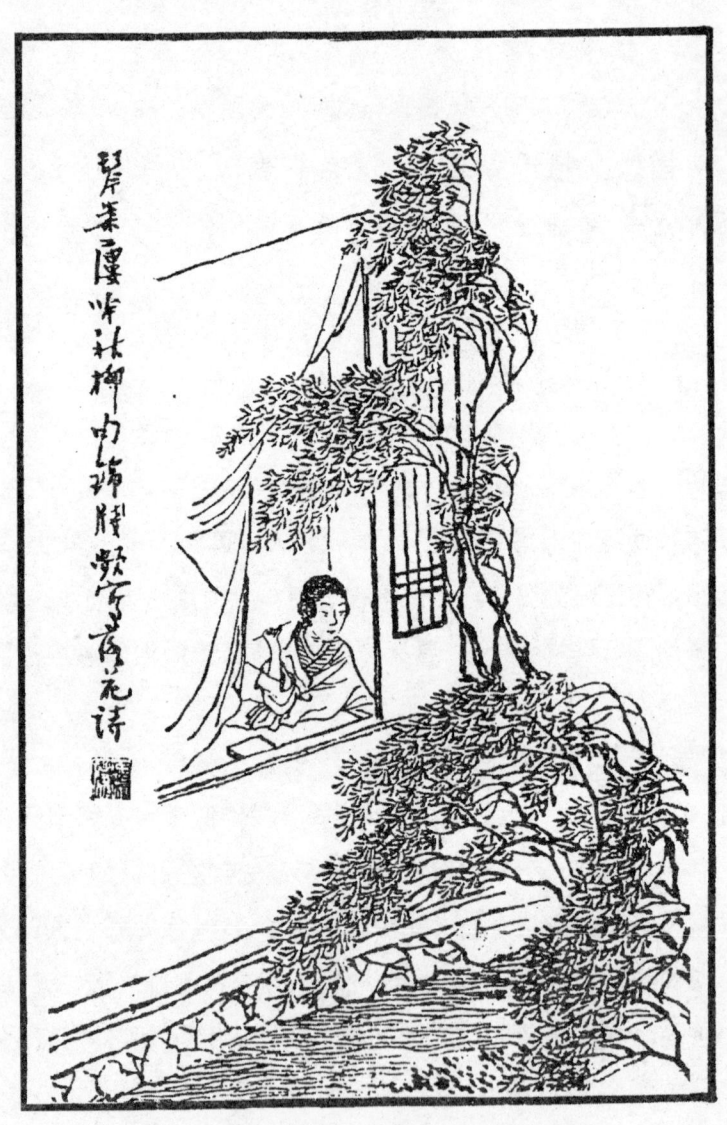

蝶恋花（楼外垂杨千万缕）

乐》："春归何处,寂寞无行路。若有人知春去处,唤取归来同住。"想象颇有童趣。朱淑真从黄词中汲取灵感,将人的情感赋予柳絮,将其随风飞舞之态想象为追随春的脚步探看其去处。犹自,尚自,仍然。

⑤ "绿满"句:在这春天将逝的暮春时节,花落草长,山野一片碧绿,漫山遍野都能听到杜鹃凄厉的鸣叫声。这叫声似乎在催促着春天快快归去。杜宇,杜鹃,又名子规,春末啼鸣,叫声凄厉,像在劝说羁旅的人不如归去。

⑥ "便做"二句:这凄厉的叫声,即使是无情之人听了,也会不忍听之而更加愁苦不堪。便做,即使。莫,岂不。

⑦ "把酒"二句:既然春天挽留不得,不如举起酒杯,送别春天,然而春天却默默无语。到黄昏时,天空中却有小雨潇潇落下,似是春天也有离别的惆怅与伤感,洒下了依依不舍的泪丝。韩偓《春尽日》:"把酒送春惆怅在,年年三月病恹恹。"

辑评

明·沈际飞云:满怀妙趣,成片裹出,体物无间之意。(《草堂诗余续集》)

明·蒋一葵云:朱淑真诗词多柔媚,独《清昼》一绝、《送春》一词,颇疏俊可喜,诗云:"竹摇清影罩纱窗,两两时禽噪夕阳。谢却海棠飞尽絮,困人天气日初长。"词云:"楼外柳垂千万缕。欲系青春,少住春还去。犹自风前飘柳絮,随春且看归何处。满目山川闻杜宇。便做无情,莫也愁人意。把酒送春春不语,黄

昏却下潇潇雨。"(《尧山堂外纪》卷五十四)

清·李佳云:朱淑真词,《蝶恋花》云:"楼外垂杨千万缕。欲系青春,少住春还去。犹自风前飘柳絮,随春且看归何处。 绿满山川闻杜宇。便做无情,莫也愁人意。把酒送春春不语,黄昏却下潇潇雨。"情致缠绵,笔底毫无沈闷。(《左庵词话》卷上)

清·陆昶云:淑真诗好,词不如诗。爱其"黄昏却下潇潇雨"句,又词好于诗也。(《历代名媛诗词》)

菩萨蛮①

山亭水榭秋方半,凤帏寂寞无人伴②。愁闷一番新,双蛾只旧颦③。　起来临绣户,时有疏萤度④。多谢月相怜,今宵不忍圆⑤。

注释

① 此词描写了秋日里闺房的寂寞幽冷,充满凄婉哀怨的情调。上片写秋日孤寂,愁眉难展;下片写长夜难眠,流萤相伴,月亮也似乎因为词人的寂寞凄苦,而以残月之态示人,以抚慰孤守空房的闺中人。词人从残月中得到的慰藉,恰如含着眼泪的笑,反更添无限凄凉。

② "山亭"二句：秋已过半，山间的小亭、水边的木屋，处处秋意浓郁，景色格外迷人，而在闺房的凤帏之中，有人却神情黯然，无人相伴，无限寂寥落寞。榭(xiè)，建于高台或临水而建的木屋。凤帏，绣有凤凰图案的帷帐。

③ "愁闷"二句：词人的愁绪日日增加，日日不同，而弯弯的双眉却一如既往，愁眉紧锁。双蛾，指双眉，用以形容美人细长且弯弯的眉毛。辛弃疾《摸鱼儿》："蛾眉曾有人妒。"颦(pín 贫)，皱眉。

④ "起来"二句：夜半时分，辗转反侧，难以入眠，起身来到门前。偶尔有萤火虫，在漆黑的夜景中倏而闪过，刹那的点滴光亮，更衬出无边的黑暗与寂静。临，到，来。绣户，雕绘华美的门户，多指妇女居室。

⑤ "多谢"二句：词人遥望夜空，看到一轮弯弯的月亮，内心竟生出一丝感动，感到今夜的月亮似乎都成了多情之物，怜惜她凄苦孤寂的闺帏生活，不忍独自团圆。

菩萨蛮①

木 榍

也无梅柳新标格，也无桃李妖娆色②。一味恼人香,群花争敢当③。　　情知天上种,飘落深岩洞④。不管月宫寒,将枝比并看⑤。

注释

① 木樨,即木犀,桂花的别称。这首咏赞桂花词,词人采用先抑后扬的手法,先将桂花与被世人所赞赏的梅柳、桃李作比,说明从表面看桂花的花色风貌似乎并不出众,但却有群花无法比拟的幽香。下片借助月中桂子飘落人间的传说,给桂花蒙上一层神奇的色彩,从而在内在品格与香质上压倒群芳,着意强调出桂花隐逸山岩的高洁品行及幽香远播的美质。

② "也无"二句:桂花既没有梅花、杨柳高雅飘逸的风度,也没有桃花、李花娇艳的颜色。标格,风范,风度,品格。开篇通过与梅柳、桃李的比较,说明桂花在外形与花色上都不出色,从而设置了一个悬念,为下文的翻案埋下伏笔。

③ "一味"二句:然而桂花自有百花所不及的独特之处,它始终默默地散发着浓浓的香气,百花的芳香怎能和它相比?恼人香,言香味的浓烈持久。一味,专一。争敢当,怎能与之相比。争敢,怎敢。当,对等,相当、匹敌。此处用桂花香气久远的特点揭示其不凡之处,顿时显示出高于百花的优势。

④ "情知"二句:深知桂花是月宫里桂树的种子飘落到人间,落在了偏僻的深山岩洞中,于是桂花的香味便也带着清逸的仙气,凡花自不可比。情知,深知;明知。骆宾王《艳情代郭氏

答卢照邻》诗:"情知唾井终无理,情知覆水也难收。"天上种,传说月中有桂树,桂树种子落到了人间,山中长出了桂树。宋之问《灵隐寺》诗:"桂子月中落,天香云外飘。"《咸淳临安志》卷二十三:"僧遵式《月桂峰诗序》云:'相传月中桂子尝坠落此峰,生成大树,其华白,其实丹。'"

⑤ "不管"二句:桂花不畏月宫的寒冷,所以能现出冰清玉洁、芬芳独具的格调。将桂花与群花并枝相看,比试高下,桂花亦不会相差分毫。不管,不顾,不考虑。这里指桂花不畏月宫的寒冷。月宫,传说中月亮上嫦娥所住的宫殿。比并,并列,亦有比较之意。

鹊桥仙①

七 夕

巧云妆晚,西风罢暑,小雨翻空月坠②。牵牛织女几经秋,尚多少、离肠恨泪③。　　微凉入袂,幽欢生座,天上人间满意④。何如暮暮与朝朝,更改却、年年岁岁⑤。

注释

① 鹊桥仙:词牌名,或名《鹊桥仙会》。宗懔《荆楚岁时记》:"七

月七日,为牵牛织女聚会之夜。"秦观有《鹊桥仙》,咏民间传说中农历七月七日之夜牛郎织女相会的故事,朱淑真反秦词之意,推陈出新,为牛郎织女鸣不平,感慨离别之苦,表达出愿有情人长相厮守之愿。

② "巧云"三句:彩云织成巧妙的花样妆点着晚空,秋风吹去了夏天的暑气;清凉的雨丝从空中飘落,月亮也渐渐西沉。此三句化用秦观"纤云弄巧"语意,渲染时序的美好,为二星相会作铺垫。

③ "牵牛"二句:牵牛织女经过了多少个七夕的相会,到如今,依然还是有如此多的离情别泪。几经秋,言经过了多少年。

④ "微凉"二句:人间,深秋时秋风乍起,微凉穿透衣袖;天上,牛郎织女相见甚欢,暗诉衷肠;此时,天上人间都很满意。此处有微讽之意。天上诸神满意于自己的宽容,让牛郎织女得以相会;而人间呢,满意于此时的相会,可以让牛郎织女一解相思之苦,可有谁会想到一年一次的相会之前,牛郎织女曾流过多少相思之泪。袂(mèi),衣袖。座,星座,指牛郎、织女二星。

⑤ "何如"二句:何不让牛郎织女朝朝暮暮相聚,改变一年只相会一次的约束,才是真正的人间天上满意呢?结尾是全词的点睛之笔。秦观《鹊桥仙》有语:"两情若是久长时,又岂在朝朝暮暮。"朱淑真在这里反其意而行,认为相比较一年才能相见一次的生活,朝朝暮暮的长相厮守才应该是有情人真正的愿望。词人亦借用此典表达期望与情人长相厮守这种世俗

中最普通的愿望。何如,犹何不,表反问。"暮暮与朝朝",化用《高唐赋》:"神女临去曰:'妾在巫山之阳,高丘之阻。旦为朝云,暮为行雨。朝朝暮暮,阳台之下。'"

念奴娇①

催 雪

冬晴无雪,是天心未肯,化工非拙②。不放玉花飞堕地,留在广寒宫阙③。云欲同时,霰将集处,红日三竿揭④。六花剪就,不知何处施设⑤。 应念陇首寒梅,花开无伴,对景真愁绝⑥。待出和羹金鼎手,为把玉盐飘撒⑦。沟壑皆平,乾坤如画,更吐冰轮洁⑧。梁园燕客,夜明不怕灯灭⑨。

注释

① 这是一首咏雪词,风格豪迈,创意颇为别致。词人展开丰富的想象,对冬日无雪的原因给予奇幻的解释,并虚构了雪后美丽的景色,抒发了词人对冬雪的期待和喜爱。
② "冬晴"三句:入冬以来,天气一直很晴朗,丝毫没有要下雪的迹象,不是造化无能,而是上天不愿让雪花从天宫中堕入人

间。天心,上天的意志。化工,指造化、大自然的创造力。

③ "不放"二句:老天不让洁白的雪花飞落人间,将它留在清凉的广寒宫内,让嫦娥独赏。玉花,指雪花。广寒宫,指月宫。

④ "云欲"三句:云霰已然聚集在一处,准备造雪时,天公却不作美,将一轮红日高悬。云欲同时,霰将集处,是说云气正堆积到一起,空中开始集结小冰粒,这是下雪的先兆。霰(xiàn现),水蒸气在高空中遇到冷空气凝结成的小冰粒,往往在下雪前先下霰。三竿揭,指红日已经高高地挂在空中。三竿,即日上三竿,指的是太阳升起有三根竹竿那样高,形容太阳升得很高,时间不早了。揭,举,挂。

⑤ "六花"二句:所以哪怕晶莹的雪花已被剪裁停当,却不知道该飞到什么地方。六花,指雪花。雪花结晶成六角形,故称六花。

⑥ "应念"三句:老天啊,你可曾想到那陇上孤独绽放的梅花,没有了雪花的陪伴映衬,缺少意趣,如何不让人对景生愁?此处词人似乎在对大自然进行循循善诱的劝说,契合"催雪"之主题,语调诙谐幽默,为该词平添趣味。

⑦ "待出"二句:从此句以下乃词人想象雪后的美景。如同善于烹调的高手在汤中撒盐,调制出世间美味一般;如果天空飘下了雪花,将会装点、映衬得世界更加漂亮。玉盐抛洒,典出《晋书·列女传·王凝之妻谢氏》,史载谢安侄女谢道韫,才思敏捷。家人曾聚集一堂,正值下大雪,谢安曰:"白雪纷纷何所似?"谢安之兄子谢朗曰:"撒盐空中差可拟。"道韫曰:

"未若柳絮因风起。"谢安十分赞赏。(又见《世说新语·言语》)和羹,用不同调味品配制的羹汤。金鼎,铜鼎,古代的炊具,三足的大锅。玉盐,形容洁白的雪花。

⑧ "沟壑"三句:雪后的世界,沟壑都被填平,天地之间处处银装素裹,风景如画。此时一轮明月高挂于天际,洒下清辉无限,何等美好皎洁。冰轮,指明月。

⑨ "梁园"二句:雪光、月光如此明亮,若此时赏雪宴客,即使灯灭了也不用担心黑暗扫了人们的雅兴。梁园,即梁苑,西汉梁孝王的东苑,十分奢华。末二句用南朝宋谢惠连《雪赋》的典故。《雪赋》假借梁孝王在梁园与司马相如等夜间宴集情景,描绘了梁园大雪景色,被传为咏雪的妙文。

念奴娇①

鹅毛细剪,是琼珠密洒,一时堆积②。斜倚东风浑漫漫,顷刻也须盈尺③。玉作楼台,铅熔天地,不见遥岑碧④。佳人作戏,碎揉些子抛掷⑤。　争奈好景难留,风僝雨僽,打碎光凝色⑥。总有十分轻妙态,谁似旧时怜惜⑦。担阁梁吟,寂寥楚舞,笑捏狮儿只⑧。梅花依旧,岁寒松竹三益⑨。

注释

① 此词同为咏雪之作。上阕描写了雪花飘落时的壮观景象以及雪后粉妆玉砌般洁净的世界,境界阔大,气势豪迈。而冰天雪地中嬉戏玩耍的美丽女子则为冰冷的世界增添了一抹亮色,使得冰雪的世界意趣盎然。下阕抒发对残雪的怜惜,对凌寒开放的梅花的赞美,对梅、松、竹不畏风寒霜雪的"三益之友"的赞赏,流露出不同流俗、坚持高洁品质的人生理想,体现出词人卓然不群的精神追求。

② "鹅毛"三句:雪花似细细剪出的鹅毛,又似从天上密密洒下的白玉般温润的珍珠,堆作一处,洁白晶莹细腻。琼珠,玉珠,代指雪。"是琼珠",《花草粹编》卷十作"纵轻抛"。

③ "斜倚"二句:借着东风之势,雪花纷纷扬扬,漫天飞舞,顷刻之间积雪已近尺余厚了。漫漫,雪花漫天飞舞的样子。

④ "玉作"三句:雪后的楼台似白玉雕成,整个天地山川连成一片,如用铅熔化后装饰的天地,远山的绿色也被雪所覆盖,与这洁白的世界浑然一体。遥岑,远山。

⑤ "佳人"二句:美丽的女子在雪地里嬉戏玩耍,不时将雪揉搓成雪团,互相抛掷,十分欢乐。作戏,玩耍。些子,一些。

⑥ "争奈"三句:怎奈好景难留,不期而至的凄风冷雨将如此美妙宁静、光天一色的氛围给破坏了。争奈,怎奈、无奈。风僝(chán 馋)雨僽(zhòu 咒),风雨的折磨。僝僽,折磨。黄庭坚《宴桃源》词:"天气把人僝僽,落絮游丝时候。"

⑦ "总有"二句:雪花纵然有着万千轻盈曼妙之姿,但历经风的

摧残之后,不复之前的可爱美丽,还有谁会像之前一般怜惜呢。此处的感慨不止于对雪,也寄托着词人对自己命运的深深自怜。总,通"纵",此处《花草粹编》即作"纵"。

⑧"担阁"三句:主人公陶醉于雪后美丽的世界,用雪捏出个狮子的造型独立雪地中,尽兴地赏玩着,竟将吟诗赏舞之事搁置一边。担阁,耽误,迟延,也作"担搁"。梁吟,指大雪天吟诗作赋,描绘雪景。此处借用南朝宋谢惠连《雪赋》的典故,参见上一首注。楚舞,楚地之舞。这里泛指当时的舞曲。只,单,独。此指狮子独立的样子。韩愈《祭十二郎文》:"两世一身,形单影只。"

⑨"梅花"二句:在这冰雪铺满大地之时,梅花依旧从容绽放,且愈是严寒,愈是显出其不畏严寒的傲骨。梅与经冬不凋的松竹一起,无愧于岁寒"三益之友"的称号。三益,即"益者三友",或称"三益之友"。语本《论语·季氏》:"孔子曰:益者三友,损者三友。友直,友谅,友多闻,益矣。"此处特指梅、竹、松"岁寒三友"。罗大经《鹤林玉露》卷五:"东坡赞文与可梅竹石云:'梅寒而秀,竹瘦而寿,石丑而文,是为三益之友。'"

辑评

明·陈霆云:咏雪《念奴娇》云:"斜倚东风,浑漫漫,顷刻也须盈尺。"已尽雪之态度。继云:"担阁梁吟,寂寥楚舞,空有狮儿只。"复道尽雪字,又觉酝藉也。(《渚山堂词话》卷二)

卜算子①

咏 梅

竹里一枝斜,映带林逾静②。雨后清奇画不成,浅水横疏影③。　吹彻小单于,心事思重省④。拂拂风前度暗香,月色侵花冷⑤。

注释

① 卜算子:词牌名,又名《卜算子令》《缺月挂疏桐》《百尺楼》《眉峰碧》《楚天遥》等。相传是借用唐代诗人骆宾王的绰号而命名的。骆宾王写诗好用数名,人称"卜算子"。万树《词律》则以为取义于"卖卜算命之人"。北宋时盛行此调,故多有异名。《钦定词谱》云:"苏轼词有'缺月挂疏桐'句,名《缺月挂疏桐》;秦湛词有'极目烟中百尺楼'句,名《百尺楼》;僧皎词有'目断楚天遥'句,名《楚天遥》;无名氏词有'蹙破眉峰碧'句,名《眉峰碧》。"宋教坊复演为《卜算子慢》曲。

　　此词乃咏梅之作,上阕写梅花生长于幽静的竹林中,高雅俊逸,无论是一枝斜探,还是临水疏影,都如一幅幅传统的写意画,寥寥数笔便绘出了梅花的清奇幽姿。下阕加入了音乐的衬托,以及对梅沉思的美人,使全词的意境更为完整。结尾再刻画月下梅花、暗香浮动,冰清玉洁,风致冷艳,令人叫绝。

卜算子(竹里一枝斜)

② "竹里"二句:一枝横逸斜伸的梅枝自竹林中探出,竹梅掩映,更衬托出林间的清幽寂静。映带,衬托。

③ "雨后"二句:雨后的梅花,其疏落绰约的身影倒映在清澈的溪水中,这般清逸之气是任何笔墨丹青都描绘不出来的。林逋《山园小梅》:"疏影横斜水清浅,暗香浮动月黄昏。""疏",《花草粹编》、《全芳备祖》前集卷一作"斜"。

④ "吹彻"二句:有笛子吹奏的《小单于》曲响彻整个竹林,曲声幽咽哀婉,更让人心事重重,反复思量。吹彻,犹吹遍。彻,从头到尾。小单于,唐大角曲名。郭茂倩云:"唐大角曲亦有'大单于''小单于''大梅花''小梅花'等曲。"重(chóng)省(xǐng),反复思量。

⑤ "拂拂"二句:夜风习习,吹来了梅花的幽香,花香飘溢,弥漫于天地之间。月光如水,洒遍大地,将梅花浸染成玲珑剔透的银白色,好一个幽寒芳馨的世界。拂拂,风吹动貌。度,泛指过,用于空间或时间。王之涣《凉州词》:"羌笛何须怨杨柳,春风不度玉门关。"此指风把梅香吹得飘向四方。

辑评

明·陈霆云:(朱淑真)咏梅云:"湿云不渡溪桥冷。嫩寒初破霜风影。溪下水声长。一枝和月香。"别阕云:"拂拂风前度暗香,月色侵花冷。"梨花云:"粉泪共宿雨阑珊,清梦与寒云寂寞。"凡皆清楚流丽,有才士所不到。而彼顾优然道之,是安可易其为妇人语也。(《渚山堂词话》卷二)

柳梢青①

冻合疏篱②。半飘残雪,斜卧枝低③。可便相宜,烟藏修竹,月在寒溪④。　　亭亭伫立移时⑤。拚瘦损、无妨为伊⑥。谁赋才情,画成幽思,写入新词⑦?

注释

① 柳梢青:词牌名,又名《陇头月》《早春怨》《云淡秋空》《雨洗元宵》等。此调有平韵、仄韵两种,字句悉同,俱为双调,共四十九字。本词为平韵体。又,此词作者一作杨无咎。

　　这首咏梅词,上阕写梅之神韵,下阕抒爱梅之情,字里行间充满了对梅花的欣赏赞叹,亦体现了词人自我的精神追求。

② 冻合疏篱:在稀疏的篱笆旁,尚是一片冰冻的世界。这句说明梅树生长之地环境严酷。冻合,《诗渊》作"茅舍"。

③ "半飘"二句:天空中有零星的雪花静静地飘落,梅枝斜卧,低低地探入雪中。雪落无声,梅枝疏逸,色调淡雅,画面宁静而唯美。

④ "可便"三句:烟波笼罩着竹林,清澈的溪水中映出一轮明月的倒影,这种景象与落雪、疏梅是多么和谐美好、相映成趣。相宜,合适。陆游《梨花》诗:"开向春残不恨迟,绿杨窣地最

相宜。"

⑤ "亭亭"句:景色如此美好,词人驻足赏梅,心醉神驰,不觉时间已经过去很久。伫(zhù住)立,久立。伫,长时间地站着。移时,经历一段时间。

⑥ "拚瘦损"二句:为了能欣赏到梅花的芳姿逸韵,即使身体清瘦也甘之若饴。此句极言词人对梅之由衷的喜爱。拚(pàn),豁出去,舍弃不顾。瘦损,消瘦。苏轼《红梅》诗:"轻寒瘦损一分肌。"为伊,用柳永《蝶恋花》"衣带渐宽终不悔,为伊消得人憔悴"意。

⑦ "谁赋"三句:谁能赋予我足够的才情,好让我将眼中的梅韵画在纸上、心中的诗情落于笔端呢?朱淑真在《柳梢青·梅》中曾感慨道:"一味风流,广平休赋,和靖无诗。"直言梅之风流韵味让咏梅高手都为之语乏,而此处则用语更为委婉,反映词人对梅之痴爱,以致不知该如何描摹梅的形神之美。

柳梢青①

雪舞霜飞,隔帘疏影,微见横枝②。不道寒香,解随羌管,吹到屏帏③。　　个中风味谁知?睡乍起,乌云甚欹④。嚼蕊妆英,浅颦轻笑,酒半醒时⑤。

注释

① 这首咏梅词,上阕如极简之写意画,写出梅花傲雪凌雪之骨、疏影横枝之态及随风远播之幽香。下阕写就一个爱梅成痴的娇娃,憨态可掬,娇俏可爱,景与情谐,相映成趣。

② "雪舞"三句:在霜飞雪舞的季节,梅花傲然开放,在房内,隔着帘子可隐约看到梅花绰约的风姿,看到它稀疏的枝条斜斜地伸向天际。

③ "不道"三句:梅花清幽的香气竟然随着悠扬的笛声,飘到了闺帷之中,带来意想不到的喜悦。不道,料想不到。羌管,羌笛,一种源自西北地区羌族的管乐器,曲调幽怨。屏帏,屏帐。冯延巳《酒泉子》词:"屏帏深,更漏永,梦魂迷。"

④ "个中"三句:此情此境,其中的美好谁人能体会？美丽的女子,被梅花淡淡的芬芳温柔地从梦中唤醒。她醉心于眼前的景色,任一头秀发随意倾斜一边而不去整理。乌云甚欹(qī):秀发倾斜一边。乌云,喻妇女乌黑的秀发。"甚",《诗渊》作"任"。欹,倾斜,倾侧。

⑤ "嚼蕊"三句:写出女子赏梅的痴态。或将梅花置于嘴边,轻轻咀嚼品味着梅花的清香,或把梅花插作头饰,对着镜子作梅花妆的打扮。她的表情时而眉头微蹙,时而对镜微笑,显出一副似醉非醉的娇憨模样。"妆",《诗渊》作"挼"。

西江月①

春 半

办取舞裙歌扇,赏春只怕春寒②。卷帘无语对南山,已觉绿肥红浅③。　　去去惜花心懒,踏青闲步江干④。恰如飞鸟倦知还,澹荡梨花深院⑤。

注释

① 西江月:唐教坊曲名,后用为词牌。调名取自李白《苏台览古》:"只今惟有西江月,曾照吴王宫里人"。又名《白苹香》《步虚词》《晚香时候》《江月令》等。双调五十字,上下阕各两平韵、一仄韵。须同部间平仄协韵。此词表面上是写游春、赏春,实则充满惜春、伤春的闺怨。

② "办取"二句:备好了舞裙与歌扇准备外出游春赏玩,可却因担忧不胜春寒而迟滞了脚步。舞裙、歌扇俱是歌舞时的装扮,从字面上看,词人本欲快意赏春,却因春寒而阻滞,然细品下文,其实另有隐忧。

③ "卷帘"二句:词人将窗帘卷起,远处的南山映入眼帘,只见绿意越发浓烈,往日艳丽的花儿竟逐渐凋零,觉察到春已过半,词人默默相对,竟一时无语。绿肥红浅,化用李清照《如梦令》中"知否?知否?应是绿肥红瘦"之意,反映出眼前春光的流逝引发了词人对青春逝去、年华不与的伤感。

④ "去去"二句:这两句写词人终于出门踏青,沿江边渐行渐远,但落花凋零的景象让词人因惜花而伤感,因之懒得再看,只是信步江边,意兴阑珊。去去,谓远去,渐行渐远之意。苏武《古诗》之三:"去去从此辞。"江干,江边。

⑤ "恰如"二句:踏青归来,就像飞倦的鸟儿眷恋着温暖的鸟巢一般,词人回到了开满梨花的深深庭院。满树盛开的梨花,尚留有春天的讯息,让词人的心情得到慰藉,逐渐舒畅。澹荡,犹骀荡,谓使人和畅。

月华清①

梨 花

雪压庭春,香浮花月②。揽衣还怯单薄③。欹枕裴回,又听一声干鹊④。粉泪共宿雨阑干,清梦与寒云寂寞⑤。除却是江梅曾许,诗人吟作⑥。　　长恨晓风漂泊⑦。且莫遣香肌,瘦减如削⑧。深杏夭桃,端的为谁零落⑨。况天气、妆点清明,对美景、不妨行乐⑩。拚著、向花时唤取,一杯独酌⑪。

注释

① 月华清:词牌名。宋代始有此调。《钦定词谱》卷二十七引南宋词人洪瑹的《月华清》(花影摇春)为词谱,双调,九十九字,上下片各六仄韵。《钦定词谱》注明"此调只有一体,宋元人俱据此填。"

　　此词为咏梨花之作。暮春时,怒放的梨花让人兴起赏花之兴致,却也触动词人的满腔离愁。曾经艳丽的杏花、桃花已然零落,而满树梨花亦难逃脱此命运,因此词人在咏梨花的同时,以梨花自喻,抒发寂寞之苦,寄寓对自己美好年华逝去的感伤。全词意境幽冷,令人悱恻。

② "雪压"二句:月光下,暮春的庭院中,一树树晶莹似雪的梨花盛开。如水的月光笼罩着梨花,有暗香在月光与花丛之间涌动,让人沉醉其中。

③ "揽衣"句:此时天气尚凉,虽加了衣裳,仍觉得衣衫单薄,寒意袭身。揽衣,提起衣衫。

④ "欹枕"二句:斜倚枕上,辗转反侧,愁绪萦怀。窗外传来喜鹊清亮的叫声,让人更是无法成眠。刘歆《西京杂记》卷三:"干鹊噪而行人至,蜘蛛集而百事嘉。"喜鹊鸣叫预示着远行之人即将归来。而词人却空闻喜鹊叫,迟迟不见思念之人归来,故而喜鹊的鸣叫反而加重了词人的幽怨,以致彻夜无眠、暗流眼泪直至天明。欹(qī欺)枕裴回,斜倚于枕上,辗转反侧。欹,侧倚。裴回,同"徘徊"。干鹊,喜鹊,鹊恶湿,其性好晴,其声清亮,故称干鹊。

⑤ "粉泪"二句:屋外,春雨淅淅沥沥,彻夜未停;屋内,词人愁容惨淡,泪水涟涟。即使在梦境中,也如天边那飘荡的浮云一般寂寞凄苦。以"粉"状泪,满是自怜之意。阑干,形容泪水横流的样子。

⑥ "除却"二句:百花各有神韵,可只有那江南的梅花,曾有无数的诗人作诗吟咏,赞叹其神韵,而梨花却始终寂寞,无人欣赏。此处梨花的形象如同一直孤独着的词人,内心含着无限的凄苦。除却,除了,只有。韦庄《女冠子》:"除却天边月,没人知。"

⑦ "长恨"句:一直为晓来春风将梨花吹落、雪白的花瓣随风漂泊而遗憾不止。

⑧ "且莫遣"二句:眼看梨花凋萎,如同丰满的美人香肌瘦削,风韵全无,故请求春风不要再摧残梨花了。此言既是惜花,亦是自怜,其自拟之意不言而喻。

⑨ "深杏"二句:那深红的杏花,那艳丽的桃花,究竟是为什么憔悴凋零呢? 此处反问,有借桃杏的凋零暗喻自己的憔悴孤寂之意,婉曲回环,耐人寻味。夭桃:《诗·周南·桃夭》:"桃之夭夭,灼灼其华。"后以夭桃称呼艳丽的桃花。端的,宋代白话,此处意为到底、究竟。

⑩ "况天气"二句:幸好清明时节天气晴好,春景尚佳,不妨放下心头的愁绪,及时行乐吧。

⑪ "拚著"二句:抛开重重恼人的思绪,对着那树树梨花,唤人取酒,自斟自饮吧。拚(pàn 判)著,即拚着,拚却,舍弃不顾。

晏几道《鹧鸪天》词："彩袖殷勤捧玉钟,当年拚却醉颜红。"这几句有异文,《花草粹编》卷十九所录无"唤"字。今据《历代诗余》卷六十六及《钦定词谱》卷二十七补"唤"字。

绛都春①

梅

寒阴渐晓②。报驿使探春,南枝开早③。粉蕊弄香,芳脸凝酥琼枝小④。雪天分外精神好。向白玉堂前应到⑤。化工不管,朱门闭也,暗传音耗⑥。

轻渺⑦。盈盈笑靥,称娇面,爱学宫妆新巧⑧。几度醉吟,独倚阑干黄昏后⑨。月笼疏影横斜照⑩。更莫待、笛声吹老⑪。便须折取归来,胆瓶插了⑫。

注释

① 绛都春:词牌名。双调,一百字。此调宋人多作仄韵体。

此词咏早梅,词人运用多种艺术手法,将早梅刻画得形神毕现,字里行间渗透爱梅惜梅之情。上阕写词人一早即被早梅开放的喜讯所感染,并以充满怜爱的眼神去观察早梅的芳姿逸韵及淡淡幽香。下阕写爱梅的少女学化新巧的"梅花妆",从黄昏直至月下,吟诗赏梅。最后则以折梅插花作结,传达出无限怜花之意。

② 寒阴渐晓:寒意料峭的夜晚渐渐结束,拂晓将至。

③ "报驿使"二句:向阳枝头的梅花昨夜静静地开放,向人间传递出春的消息。驿使,古代驿站传送朝廷文书者,此处形容开放的早梅如信使般,将春将至的消息传递。南枝,指梅花。

④ "粉蕊"二句:粉红的花蕊散发出幽幽的清香,洁白的花瓣如凝结之酥油,在白雪覆盖下,花枝如同美玉雕琢而成,娇小俏丽。凝酥,凝冻的酥油,比喻花之白嫩。

⑤ "雪天"二句:越是白雪纷飞的天气,越是衬托出梅花的风韵格外美好。在白玉一般精致的庭院中,艳丽的梅花早已绽放。白玉堂,指富贵人家建筑。卢照邻《长安古意》:"昔日金阶白玉堂,即今唯见青松在。"

⑥ "化工"三句:绽放的早梅并不是天地造化刻意所为。朱红色的大门虽然紧紧关闭,然而梅花缕缕的幽香仍然悄悄地飘到了高墙之外,传递出春的消息。化工,自然的创造力。音耗,消息,音讯。

⑦ 轻渺:形容意境朦胧的美妙时刻。

⑧ "盈盈"三句:美丽的少女笑靥如花,对着镜子,将面容修饰成新学的梅花宫妆,益发衬托出容颜的娇美。靥,原意是酒窝,此指女子的面颊妆饰。唐宋时女子的梅花妆不仅在额头,还在面颊上,颜色有丹有黄,方法有贴金或涂点。称(chèn 趁),

适合。

⑨ "几度"二句:黄昏时,女子独自倚着栏杆赏梅,如痴如醉,不断吟诵着咏梅的佳句。

⑩ "月笼"句:夜幕降临,皎洁的月光笼罩大地,梅花清瘦的枝干斜伸月下,映照出疏秀淡雅的梅影,散发出淡淡的幽香。疏影横斜:用林逋《山园小梅》诗"疏影横斜水清浅,暗香浮动月黄昏"句意。

⑪ "更莫待"句:莫要等到梅花在哀怨的《梅花落》笛曲声中渐渐凋零,空留遗憾。笛声,此特指笛曲《梅花落》。《梅花落》是汉乐府二十八横吹曲之一,唐宋时广为流传,是古代笛子曲的代表作品。

⑫ "便须"二句:还是趁梅开正盛时把梅花折下带回家,插到胆瓶中尽情欣赏吧。胆瓶,陈设于几案或枕屏旁、腹大而有颈的容器,用于插花。

阿那曲①

梦回酒醒春愁怯②。宝鸭烟消香未歇③。薄衾无奈五更寒④,杜鹃叫落西楼月⑤。

注释

① 阿那曲(ā nà qǔ):词牌名。本为仄韵七言绝句,唐人以入乐府。旧题杨太真首作,宋人又名《鸡叫子》。《词律》卷一载"阿那曲":"即仄韵七言绝句,平仄不拘。"

　　这是一曲小令,抒发闺中人春夜难眠的悠长愁思。词人以四句之短小篇幅,通过个人的嗅觉、感觉、听觉、视觉等感官,捕捉到一个个具有典型意义的情景,将无形之愁思刻画得处处皆是,使人如缠绕其中,无法解脱。

② "梦回"句:起笔即点明"愁"之主旨。词人借酒浇愁,醉后朦胧入睡,但很快就醒了。虽已是春天,但词人愁绪缠身,无比虚弱。怯,虚弱;有病。《朱子语类》卷一二五:"今之人传得法时,便授与人,更不问他人肥与瘠,怯与壮,但是一律教他,未有不败、不成病痛者。"

③ "宝鸭"句:铸成鸭形的精美香炉中,袅袅的香烟已断,尚有余香在屋内缭绕。这句从嗅觉角度写,暗示出词人入睡时间之短。宝鸭,铸制成鸭形的铜炉,用来熏香。

④ "薄衾"句:虽已是暮春,然而到五更天的时候,薄薄的被子竟然无法抵御寒气的侵袭。暮春时的天气不会太冷,这句从身体的感觉写,暗示出词人为愁所困,身体瘦损,竟无法抵御夜晚的凉意。薄衾(qīn 亲),薄薄的被子。

⑤ "杜鹃"句:在这凄苦的夜晚,窗外又传来杜鹃凄厉的悲鸣声,这叫声伴随着明月西沉,曙色将至。这句从听觉与视觉两方面,暗示词人又度过一个愁苦无眠的夜晚。杜鹃又名杜宇、

杜魄、子规。据阙骃《十洲志》记载,杜鹃乃古蜀国望帝杜宇死后所化。每到暮春时节,杜鹃鸟便因思念故国、思念亲人而彻夜悲鸣,以致口中滴血。后来文人写愁思与悲苦便常用"杜鹃啼血"之典。

浣溪沙①

　　玉体金钗一样娇②。背灯初解绣裙腰③。衾寒枕冷夜香销④。　　深院重关春寂寂,落花和雨夜迢迢⑤。恨情和梦更无聊⑥。

注释

① 此词一说韩偓所作。这是一首抒发闺中人凄苦寂寞情怀之作。词中的女子形貌娇媚,楚楚动人,却在凄冷的夜晚,单衾孤枕,忍受着凄冷寂寞,美好的青春年华,被锁定在深深的庭院中。院闭庭空、花落雨滴的环境描写,愈加衬托出主人公空虚、孤零的生活状态。
② "玉体"句:词中的女子有着姣好的面容,头上所戴的金钗精致华丽。玉体,《古今图书集成·闺媛编》卷十二作"卸下"。
③ "背灯"句:她背对着灯,将刺绣精美的衣裙解下,准备就寝。

朱淑真《菩萨蛮》中有"欹枕背灯眠,月和残梦圆",背对着灯光,以免看到圆月,引发内心的愁苦,而此处背灯,面对昏暗之处,也反映出内心的幽怨。

④ "衾寒"句:锦被、枕头透着凉意。熏香炉中的香已燃尽,香气消散,香炉也变凉了。处处透出的寒意衬托出女子孤独悲苦的心境。

⑤ "深院"二句:深深庭院中一重一重的门户紧闭,一片寂静冷清;在这漫长的春夜里,点点滴滴的春雨将一树树花儿纷纷打落,曾经的姹紫嫣红,如今却委身泥水,无人怜惜。词人对花的命运充满怜惜之情,其中也寄寓着深深的自怜之意。迢迢,漫长貌。"院深重关春寂寂"中的"重",《古今图书集成》作"不"。

⑥ "恨情"句:在这凄冷的夜晚,词人美梦无成,可恨那无处寄托的思念之情也来撩拨人的情绪,让人夜不能眠,更加百无聊赖。

生查子①

年年玉镜台,梅蕊宫妆困②。今岁未还家,怕见江南信③。　　酒从别后疏,泪向愁中尽④。遥想楚云深,人远天涯近⑤。

注释

① 此首或作朱敦儒词、李清照词。王仲闻先生在《李清照集校注》中将此词列为存疑篇目,唐圭璋先生在《全宋词》中列为朱淑真词。这是一首抒发思念之情的词,词中女子年复一年空对玉镜,枉作梅妆,盼人不归,愁绪萦怀。

② "年年"二句:一年一年,女子独对玉镜,画着精致的梅花宫妆。女为悦己者容,词中女子日日盛装,显然是为迎接爱人的归来。然而一年年的等待,让人一再失望,以致提不起精神来,也再无心思每日精心地打扮了。"困"字写出了女子因一年年的等待落空而产生的倦怠与无奈。玉镜台,玉制的镜台。杨容华《新妆》:"凤钗金作缕,鸾镜玉为台。"梅蕊宫妆:即梅花妆。

③ "今岁"二句:今年依然不见爱人归来,她害怕收到从江南捎来的消息,诉说着各种不能回家的情由。

④ "酒从"二句:自分别后,她很少再饮酒,怕是浇愁不成反添恨。眼泪在无尽的思念和忧愁中快要流尽。一个"疏"字,一个"尽"字,写尽了女子的离情之浓与愁苦之重。

⑤ "遥想"二句:女子人在此处,而心已远渡千万里,飞到羁旅江南的心上人身旁,这分离的距离比天涯还要遥远。此句也是朱词中"天易见,见伊难"的最好注解。楚云,南方的云。

辑评

明·赵世杰云:曲尽无聊之况。("泪向""遥想"二句旁批)是至情,是至语。(《古今女史》卷十二)

生查子①

元 夕

去年元夜时,花市灯如昼②。月上柳梢头,人约黄昏后③。　今年元夜时,月与灯依旧。不见去年人,泪湿春衫袖④。

注释

① 此词作者一作欧阳修。这首词收入了欧阳文忠集一百三十一卷及《六一词》。同时宋代曾慥(?—1155)所编《乐府雅词》卷上亦录入此词,署欧阳修作。曾慥与朱淑真俱为南宋初人,故其记载较为可靠。此词乃误入《断肠词》。

　　这是一首节日怀旧之作。元宵节是宋代最热闹的节日。平日不能自由出行的女子,这一日也可上街观灯。词的上片,写主人公去年元宵之夜与情人欢聚的情形。词的下片,写今年元宵夜未能与情人再次相聚的伤感。词人将今与昔、悲与欢互相交织、前后映照,从而巧妙地表达出物是人非、不堪回首的悲哀与失落。崔护《题都城南庄》诗云:"去年今日此门中,人面桃花相映红。人面不知何处去,桃花依旧笑春风。"与此词有异曲同工之妙。

② "去年"二句:去年的元宵节,街上张灯结彩,灯火辉煌,将街市照得如同白昼般明亮。元夜,指正月十五元宵节。

生查子(去年元夜时)

③ "月上"二句：一轮满月缓缓升上天空，清辉穿过柳枝的缝隙，洒向人间。黄昏后，柳树下，主人公与情人经历了一场浪漫的约会。

④ "今年"四句：今年又到元宵夜，如去年一般，月儿依旧圆满，华灯依旧灿烂，而期盼之人，却未能如约而至。失望和痛苦令主人公忍不住泪水涟涟，湿透春衫。

辑评

明·徐士俊云：元曲之称绝者，不过得此法。（《古今词统》）

明·杨慎云：朱淑真元夕《生查子》云："去年元夜时，花市灯如昼。月上柳梢头，人约黄昏后。　今年元夜时，月与灯依旧。不见去年人，泪湿春衫袖。"词则佳矣，岂良人家妇所宜邪。又其《元夕诗》云："火树银花触目红，极天歌吹暖春风。新欢入手愁忙里，旧事经心忆梦中。但愿暂成人缱绻，不妨长任月朦胧。赏灯那得工夫醉，未必明年此会同。"与其词意相合，则其行可知矣。（《词品》）

清·沈雄云："月上柳梢头，人约黄昏后。"朱淑真元夕词也。有云，词则佳矣，岂良人妇所宜为邪。（《古今词话·词品》）

清·王士禛云：今世所传女郎朱淑真"去年元夜时，花市灯如昼"（《生查子》），见《欧阳文忠公集》一百三十一卷，不知何以讹为朱氏之作。世遂因此词疑淑真失妇德，纪载不可不慎也。（《池北偶谈》卷十四）

菩萨蛮①

秋

秋声乍起梧桐落②。蛩吟唧唧添萧索③。欹枕背灯眠,月和残梦圆④。　起来钩翠箔,何处寒砧作⑤。独倚小阑干,逼人风露寒⑥。

注释

① 此首或误作朱敦儒、朱希真词,描写萧索秋夜里词人寂寞凄凉、思念远人而不能成寐的情景。词人通过描摹环境、渲染气氛,使得所欲抒发的情感极为深沉凄苦。全词情景交融,构思巧妙而不失自然。

② "秋声"句:秋风乍起,风声萧瑟,梧桐树叶开始缓缓飘落。一叶落而知秋,片片落叶拉开了秋天的序幕。

③ "蛩吟"句:秋草渐黄,草丛中的蟋蟀发出阵阵悲鸣声,益发增添了秋日的萧索。蛩(qióng 穷),蟋蟀。唧唧,蟋蟀鸣叫的声音。

④ "欹枕"二句:斜倚着枕头,背灯欲眠,然而心思凝重,几回从梦中惊醒。寻梦不成,却见夜空中一轮圆月将凄清的月光洒向人间。月圆之夜人难团圆,使词人更感到孤寂难捱。欹(qī),通"倚",斜倚,斜靠着。

⑤ "起来"二句:辗转反侧,欲眠不成,索性起身,将翠绿的帘子掀起。此时不知从何处传来捣衣之声,在这凄冷寂静的夜里

格外清晰。箔(bó博),用苇子、秫秸等做成的帘子。多编成花纹或染上色彩。寒砧,寒夜里捣衣的砧杵相击声。这一意象一般与战争有关,抒发军人远征在外、家人绵绵的离恨和思念之情。沈佺期《独不见》诗:"九月寒砧催木叶,十年征戍忆辽阳。"

⑥ "独倚"二句:在这凄冷的秋夜,孤独地倚着栏杆,默默思念着远方的心上人,此时风寒露重,寒气逼人,而思妇的身心俱如这秋夜一样凄冷无比,充满苦楚与辛酸。

菩萨蛮①

咏 梅

湿云不渡溪桥冷。娥寒初透东风影②。溪下水声长,一枝和月香③。　　人怜花似旧,花不知人瘦④。独自倚阑干,夜深花正寒⑤。

注释

① 此词一说为苏轼作。这首咏梅词全词不着一"梅"字,而沁人之梅香、摇曳之梅姿自是跃然纸上,深得咏物词之妙。沈义父《乐府指迷》中曾言"咏物词最忌说出题字",该词正是此论

极佳的注解。上阕从上至下、从远而近,描写出环境的凄冷,最后聚焦于凌寒开放的梅花,展现其幽姿逸韵。下阕,词人将梅引为知己,抒写对梅花的一往情深,结尾则花人合一,展示出不畏严寒的风骨与高洁的精神追求。

② "湿云"二句:饱含水气的云朵聚集于溪桥的上空,盘旋不去,使得桥头格外湿冷。寒梅在月光下傲立桥头,透出了春天的消息,使人仿佛看到了东风催开百花的影子。娥寒,寒冷的月光。娥,嫦娥,代月亮。东风影,此指月下寒梅独放,透露出春天的消息,使人仿佛看到了东风即将催开百花的端倪。东风,春风,又代指春天。

③ "溪下"二句:桥下水声潺潺,天上月色朦胧,一枝梅花在月光下悄悄绽放,阵阵幽香弥漫于天地之间。一枝:指梅花。盛弘之《荆州记》:"陆凯与范晔相善,自江南寄梅花一枝,诣长安与晔,并赠花诗曰:'折梅逢驿使,寄与陇头人。江南无所有,聊赠一枝春。'"

④ "人怜"二句:词人将梅引为知己,爱花之心一如既往;而梅花却不知爱花人心神憔悴、身形瘦损。此句以词人之一往情深与梅花之"不解意"作比,暗示词人内心深处不为人解的孤寂。陈景沂《全芳备祖》前集卷一作"花比人应瘦,莫凭小栏杆"。

⑤ "独自"二句:夜已深,独自倚着栏杆,默默注视着月光下凌寒怒放的梅花。此时,词人的形象与梅融为一体,二者都同样承受着孤寂与寒冷而不改初衷。

辑评

明·董其昌云：朱淑真《咏梅》，"湿云""娥寒"，词中佳语。(《新锓订正评注便读〈草堂诗余〉卷上》)

明·陈霆云：(朱淑真)咏梅云："湿云不渡溪桥冷。嫩寒初破霜风影。溪下水声长。一枝和月香。"别阕云："拂拂风前度暗香，月色侵花冷。"梨花云："粉泪共宿雨阑珊，清梦与寒云寂寞。"凡皆清楚流丽，有才士所不到。而彼顾优然道之，是安可易其为妇人语也。(《渚山堂词话》卷二)

柳梢青①

梅

玉骨冰肌②。为谁偏好，特地相宜③。一味风流，广平休赋，和靖无诗④。　　倚窗睡起春迟。困无力、菱花笑窥⑤。嚼蕊吹香，眉心点处，鬓畔簪时⑥。

注释

① 柳梢青：词牌名。又名《云淡秋空》《雨洗元宵》《玉水明沙》《早春怨》，俱押平韵；又名《陇头月》，押仄韵。此词作者一说为宋代杨无咎。杨无咎(1097—1171)，字补之。宋代书画

家。然此词宋代曾收入陈景沂《全芳备祖》前集卷一"花部",作者署名为朱淑真。陈景沂约出生于宋宁宗嘉泰元年(1201),与杨无咎同时,其《全芳备祖》(前集、后集)成书后,曾于宋理宗宝祐元年(1253)请韩境作序,并进献朝廷。陈景沂在《全芳备祖》中将这首词的作者定为朱淑真而不是杨无咎必有所据,此词当为朱淑真所作无疑。

这首咏梅词,上阕以美人喻花,写梅花以其卓绝的风姿雅韵而为世人所重,以致咏梅高手都会为之语乏;下阕写少女赏梅的种种娇憨之态,以梅为餐,借梅饰容,花儿与少女互相衬托,体现出词人一片爱梅的痴情。

② 玉骨冰肌:梅花就像骨如青玉、肌如冰雪的美人一般傲然独立,高雅脱俗。

③ "为谁"二句:是何造化之功对梅花格外偏爱,特地让梅之形、神如此相得益彰。好(hào),喜爱,爱好。相宜,合适。苏轼《饮湖上初晴后雨》:"欲把西湖比西子,淡妆浓抹总相宜。"

④ "一味"三句:梅花一直富有花蕊清丽、枝干风流的神韵,连宋广平、林和靖这样擅长咏梅的高手,面对着丰姿雅韵的梅花,也会因一时语乏而不知如何落笔。一味,一直,单纯。陆游《次韵张季长正字梅花》:"一味凄凉君勿叹,平生自不愿春知。"广平,即宋璟,唐朝宰相,因封广平郡公,世称宋广平,曾以《梅花赋》知名,文笔艳丽。和靖,即宋代林逋,和靖是其谥号,爱梅,亦善咏梅,有《山园小梅》"疏影横斜水清浅,暗香浮动月黄昏"一联,流传千古。

⑤ "困无力"句:春睡刚起的少女,困意未消,娇弱无力,微笑着

偷偷打量菱花镜中自己慵懒的神态、美丽的模样。菱花,古代六角形的铜镜叫菱花镜,或指在背面刻有菱花的铜镜。

⑥ "嚼蕊"三句:写出了闺中女子爱梅赏梅的娇憨之态,或将花瓣放在口中品尝花之清香,或贴于眉心中央、做梅花妆的装扮,或随手把一枝梅花插在鬓旁。

附录：前人总评

李清照《如梦令》，写出妇人声口，可与朱淑真并擅词华。（明·李攀龙　见明吴从先辑《草堂诗余隽》卷二）

自汉以下女子能诗文者，若唐山夫人、曹大家、立言垂训，词古学正，不可尚已。蔡文姬、李易安、失节可议。薛涛倚门之流，又无足言。朱淑真者，伤于悲怨，亦非良妇。窦滔之妇亦笃于情者耳。此外不多见矣。（明·董榖《碧里杂存》卷上）

孟淑卿，苏州人，训导澄之女。工诗，号荆山居士。尝论朱淑真诗，曰："作诗贵脱胎化质。僧诗无香火气乃佳，铅粉亦然。朱生固有俗病，李易安可与语耳。"（明·陈继儒《宝颜堂秘笈》本）

《漱玉》《断肠》二词，独有千古。而一以"桑榆晚景"一书致诮；一以"柳梢月上"一词贻讥。后人力辨易安无此事，淑真无此词，此不过为才人开脱。其实改嫁本非圣贤所禁；《生查子》一阕，亦未见定是淫奔之词。此与欧公簸钱一事，今古哓哓辩论，殊可不必。（清·梁绍壬《两般秋雨庵随笔》卷三）

朱淑真词，才力不逮易安，然规模唐五代，不失分寸。如

"年年玉镜台"及"春已半"等篇,殊不让和凝、李珣辈。惟骨韵不高,可称小品。(清·陈廷焯《白雨斋词话》卷二)

闺秀工为词者,前有李易安,后则徐湘苹。明末叶小鸾较胜于朱淑真,可为李、徐之亚。(同上卷五)

朱淑真词,风致之佳,情词之妙,真可亚于易安。宋妇人能诗词者不少,易安为冠,次则朱淑真,次则魏夫人也。(同上)

朱淑真词,自来选家列之南宋,谓是文公侄女,或且以为元人。其误甚矣。淑真与曾布妻魏氏为词友。曾布贵盛,丁元祐以后,崇宁以前,以大观元年卒。淑真为布妻之友,则是北宋人无疑。李易安时代犹稍后于淑真。即以词格论,淑真清空婉约,纯乎北宋。易安笔情近浓至,意境较沈博,下开南宋风气。非所诣不相若,则时会为之也。《池北偶谈》谓淑真《璇玑图记》,作于绍定三年。绍定当是绍圣之误。绍定理宗改元,已近南宋末季。浙地隶崋毂久矣。记云:"家君宦游浙西。"临安亦浙西,讵容有此称耶?(清·况周颐《蕙风词话》卷四)

又海宁朱淑真乃文公族侄女。有《断肠词》,亦清婉。作传乃因误入欧阳永叔《生查子》一首"月上柳梢头,人约黄昏后"云云,遂诬以桑濮之行,指为白璧微瑕。此词今尚见六一集中,奈何以冤淑真? 宋两女才子,著作所传,乃均遭谤以诬之,遂为千载口实,而心地欹斜者则不信辩白之据,喜闻污蔑

之言,尤不知是何心肝矣。(清·胡薇元《岁寒居词话》)

　　淑真所适非偶,故多幽怨之音。旧与《漱玉词》合刊,虽未能与清照齐驱,要亦无愧于作者。此本由掇拾而成,其元夕《生查子》一首,本欧阳修作,在《庐陵集》一百三十一卷中。编录者妄行采入,世遂以淑真为泆女,误莫甚矣。(清·纪昀《钦定四库全书简明目录·断肠集》)